カタリゴト
帝都宵闇伝奇譚

柴田勝家

角川ホラー文庫
24379

目次

第一話　大正ゾンビ奇譚

1

語ることは難しい、と平島元雪は思っている。

そもそも口が上手かったなら、今のような状況になっていない。つまり真っ昼間から、大の大人が駅前で四つん這いになることもなかった。

「猫やーい」

衆目はばかることもなくの猫探しである。

場所はといえば天下の往来たる神田筋違万世橋。路面電車は道の四方を走り、万世橋駅から人々が降り立つ。駅舎は赤レンガの色目も鮮やか、辰野金吾の設計になる二階建ての荘厳美麗なターミナルだ。そこを力車が通り、着物姿のご婦人方が通り、地面に突っ伏して猫を呼ぶ平島を見て笑うのである。

「猫やーい」

猫の目線であとを追うのも一苦労だ。人々に笑われるのは耐えられるが、無益なことは耐えられない。平島はすっくと立ち上がり、服の砂埃を払って、あとは何事もなかったかのように歩き出す。これでもオーダーメイドの背広を着ているから、堂々とさえすれば立派な紳士である。

「猫、猫」

ふと空を仰げば夕暮れ。たなびく雲は灰色。市電の架線が蜘蛛の巣の如く街を縫っている。広場に目を向ければ台座に立つ巨人の影。これは日露戦争で名を馳せた広瀬中佐の銅像で、彼を歌った唱歌に曰く「杉野は何処」、なるほど中佐が命がけで救おうとした杉野兵曹長の銅像も彼の足元にいる。

「猫は何処」

ぼそり、と漏れた平島の呟きを聞く者はいない。

（これほど面倒なら、断ってしまえば良かった）

などと後悔するが、もう遅い。

とにかく人と話すことが苦手なのだ。周囲に向けて「猫を探しております」などと言えれば笑われることもない。または聞き込みの一つもできれば猫探しも進展しただろう。さらに言えば、喋りが得意だったなら今のような仕事にも就いていない。頭の固い父親との口論に負け、逃げるように実家を飛び出すこともなかった。のんべんだらりと生きて、今頃は使用人を顎で使ってワインでも傾けていたことだろう。

とはいえ後悔ばかりでもない。

平島にとって、実家での温々とした生活は耐え難い。もっとスリルとロマンのある仕事をすべきだと常々思っていたのだから、今の探偵というのも天職だろう。誤算としては、そんな事件が世間に溢れているはずもないということだ。硬派で煮え切ったような冷血漢というのも未だウケは悪い。

結局、口下手な探偵では良い仕事も来ない。

（もっと話せれば）

という訳だから、平島は無力感に苛まれつつ四つ辻を歩くしかない。

そんな矢先だ。

――にゃあ、と。

ふと声が聞こえた気がした。猫のようだったが、平島は己の耳に自信はない。こんな往来で届く鳴き声があるものか。

それでも声が聞こえてきた方を目指す。駅舎にくっついた交番を横目に、神田川上に架された万世橋へと向かう。市電が横切るのもお構いなしに橋を横断する。

すると、そこに十人程度の人だかりがあるのが見えた。

「にゃあ」

今度はしっかりと聞こえたが、これは人の声だ。

どうやら人の群れは声の主を囲んでいるようで、これは何かの大道芸だろうと平島は思った。思ったなら確かめずにはいられない。

「猫も必死の危急をば、助けられたるその恩誼」

そこで小さく鳴り物の音も聞こえてきたから、これは辻講釈か流行りの浪花節、つまりは浪曲だろう。それこそ秋葉っ原では大道芸人も多かったというが、昨今は取り締まりが厳しいとも聞く。こんな交番の近く、それも夕刻に人を集めるのは風紀よろしからず。一体、どれほどの度胸の持ち主なのか。

　そういった考えを巡らせつつ、平島は芸人の正体を見るつもりで群衆の中に紛れ込む。

「あ」

　思わず漏れた、平島の驚きの声。

「これぞ團十郎の猫と伝わる怪猫にて」

　一人の芸人が衆目を集めている。滑らかな節回しで、朗々と物語を声に乗せている。手にした鳴り物は柄付きの鈴か、もしくは短い錫杖か。それを節に合わせて振ればシャンと音が出る。

　ただ平島が驚いたのは、それが見たこともない芸だからではない。

「では、最後にもう一つ、にゃあ」

猫の手を作り、あどけない表情で聴衆からの笑いを誘っていたのは、ほんの十四、五歳にも見える年少の芸人だった。

　背は小さく、目を細めて笑う顔は猫にも見えるが、線の細い体はイタチを思わせる。唇は桃色で、襟から覗く肌は白い。黒い透綾の羽織はいくらか丈長、内には白の長着、藍鼠の袴は今時分の雲とも似た色合い。

「さてさて、これにて話のキリとなりました」

そして首筋を覆う断髪に、あの鳥のような声である。これでは男か女かも判然としない。

ただ平島にわかることは、目の前の人物が惚れ惚れとするような語りと声を聞かせてくれたということだ。その思いは他の聴衆も同じか、それ以上。芸人の前に置かれた鉢に銭を投げ入れている。途中から聞いた平島でさえ財布に手を伸ばした。

「お志を頂きまして、有り難く思います。これで猫から人に化けた甲斐があるというものです」

周囲は笑い声に包まれるが、その中で平島は年少芸人の顔をジッと見つめている。

「それでは、またのお立ち会い」

黒百合の如く憂鬱そうに、かつ艶やかに垂れた両目。瞳に夕日の色が入り、妖しい輝きを返している。

「あの」

だから平島は、つい声をかけてしまった。

「名前を」

周囲のざわめきに掻き消されたかもしれない。そんな小さな声だったが、どうやら目の前の人物は聞き届けてくれたらしい。笑顔が一つ返ってきて。

「真鶸亭湖月と申します」

凜とした声が平島を射貫いた。

2

さて、平島と湖月の出会いは斯くの如くではあったが、この日に至るまでの経緯もある。語るまでもない実に些細なものだが。

発端は二日前の依頼だ。

「え、猫？」

これは平島の情けない一声。

場所といえば神田区駿河台、富裕学生向けの下宿屋『桃源荘』、その二階角部屋にある平島の探偵事務所だ。部屋の表札に書かれた文字は「平島M事務所」という存分に怪しげなもので、その日まで冷やかし以外で訪ねてきた者はいない。

「はい、どうか私の猫を探して頂きたいのです」

座布団に正座する中年女性が、再び依頼内容を告げてきた。

これといった調度もない質素な八畳間。目を引くものといえば、実家から持ち出してきた座布団一つだけ。部屋の広さも学生が暮らすには十分だが、平島の実家と比べればせせこましい。これを臨時の応接室と言い張っての対面だ。

「はぁ」

なんといっても初の依頼人である。

それだけでなく、彼女は華族たる堀井三左衛門男爵の夫人であり、かつ平島の母親とは女学校時代の同級だ。加えて平島個人も、幼少の頃から面倒を見てもらった覚えがあるから、何より礼を以て接しないといけない。

ついでに言えば、依頼人として来たのが初というだけで、普段から平島の下宿暮らしを心配して様子を見に来ることも多い。

「大事な、大事な猫なのです」

「まぁ」

「金目銀目のハチワレ猫で、毛はちょっと灰色、顔は相撲取りの太刀山にそっくりで。名前もそこから取ったもので」

「はぁ」

「いつもは屋敷で放し飼いにしていましてね、それで帰ってこない日もあるから気にしなかったものの、もう一ヶ月も家に戻ってきませんの。あんな事もあったでしょう? 家の者も忙しくて、誰も面倒を見てやれず、それで遠くへ行ってしまったかと思うと心配で」

普段から世話になっている華族夫人の頼み事だ。何一つ断る道理もない。内心では既に頷いている。しかし、平島の複雑なプライドが邪魔をしてくる。

まず平島は自分の職業を人に上手く伝えられない。探偵と名乗ってはいるが、ただの高等遊民のごっこ遊びと目されている。これも数年前まで世間で流行していた「ジゴマ」のせいである。探偵と言えば、凶賊ジゴマを追い詰める探偵ポーリンであり、つまり探偵といえば冒険活劇の登場人物なのだ。

かといって、平島の志す探偵像が全く違うかと言うと、そうでもない。

平島自身、多感な年頃にジゴマに触れたのも事実だ。できるものなら、大悪党や怪盗を相手取って華麗に事件を解決してみたい。とはいえ流行りの映画に感化されたなどとは思われたくない。いやいや、だからといって猫や失せ物を探す仕事を任せられるのはゴメンだ。

「僕は探偵といってもコロシ専門です。猫探しなど他を頼りなさい」

と、答えるのが平島の夢想するスマートかつ硬派な探偵だ。

だが、そんなぶっきらぼうな言葉が平島の口から出てくるはずもなく、愛猫を心配する堀井夫人を前にして、ただ神妙に「うん」と答えるのが精一杯だった。

「お願いしても、よろしいですか？」

「良かった、元雪ちゃんは昔から優しかったものね。本当にありがとうね」

つい柔らかく返事をしてしまったせいか、夫人は過去を懐かしむように平島の手を取ってきた。

勢いそのまま、平島も忘れている幼少期の出来事を語りだし、途中途中で飼い猫の思い出、立ち寄りそうな場所など捜査に必要なことも話してくれた。

（ああ、この人も話すのが好きなのだなぁ）

などと思ったところで、

「そういえば、お父様は」

ふと、そんな言葉が飛び出てきた。直後、堀井夫人は「しまった」とばかりに口を手で覆う。

「ご心配なく」

何が心配ないのか平島も理解していないが、とにかく堀井夫人の話を切り上げるのに都合が良かった。平島は立ち上がり、有無を言わせず彼女を部屋の入り口まで導いた。

「ちゃんと探します」

そう一言告げ、引き立てるように堀井夫人を廊下へ導く。あとは笑顔で手を振ってしまえば結構だ。彼女も無理に居残るようなことはせず、丁寧に頭を下げて去っていく。

「ふぅ」と平島、部屋に戻ってからようやく一息。

あれ以上話し込むと余計なことまで言ってしまいそうだった。口下手だからこそ、変なことを口走るかもしれない。それで実家に報告でもされようものなら、ひょっとすると難儀なことになる。

グルグルと平島の思考が巡る。今更になってお茶の一つでも出せば良かったと後悔が募ってくる。

「まったく不手際だ」

そう呟（つぶや）いた矢先、部屋の戸口が勢いよく開かれた。

「お兄チャマ！」

旋風（つむじかぜ）か強盗の如く、ここで平島も良く知る女性が部屋へと入り込んで来た。

「下で堀井のおばチャマとお会いしました。依頼を引き受けてくださったとのこと、大変喜んでおりましたよ。紹介した私も鼻高々というものですね」

平島の反応など意に介さず、彼女はブーツを放り脱ぎ、さらにドスドスと八畳間に上がり込んでいく。洋装のスカートがめくりあがり、鍔広（つばびろ）帽も邪魔と言わんばかりに投げ捨てる。

「まぁまぁ、何度来ても小ざっぱりとしたお部屋ですね。清貧清廉も大いに美徳とはいえ、これでは生活の方はどうなのです？」

これぞ依頼以外で平島の事務所を訪ねる人間の好例だ。しかも、ただの冷やかしではない。残念なことに親族、それも実の妹たる平島影子（かげこ）であった。

「影子」

名前を呼んでみたが無意味である。この妹には兄の言葉を聞く道理がない。どこかで捨ててきたのだ。

「お兄チャマ、ちゃんと食べてらっしゃいますか？　というかお部屋が暗いではないですか。あ、さてはまた閉め切っておりますね。寝床の方に失礼しますよ」

そう言うや、影子は八畳間を突っ切って、襖（ふすま）を大きく開き、敷かれたままの布団をまとめ始める。さらに窓に手をかけるや、ベリベリと日除け用の厚紙――平島が苦心して貼ったものである――を剝がし、問答無用に外の陽光と空気を招き入れた。

「ほら、これで明るくなったでしょう！」

「影子」

平島は妹への説得を諦めた。西日の入る角部屋で暮らすのに、どれだけ日除けが大事だったか、きっと彼女には理解してもらえない。

「あ、いけません。そうです、ちゃんと食べてらっしゃるかどうかが不安だったのです。そこで影子は影子の大好きな甘食を大量に買い込んで来たのですよ。あ、私が食べるのでありませんよ。お兄チャマが食べ物に困らないようにです」

今やっと気づいたとばかりに、影子はパタパタと八畳間を駆け、戸口に置き去りにした紙袋を拾い上げる。そして兄には目もくれず、彼女は再び部屋の奥まで突っ切ると、何も入ってない戸棚に紙袋を詰め込み始めた。しかも、いつの間にか取り出した甘食を口に咥えている。これが一呼吸の合間で行われた。

「影子……」

一事が万事、この調子であった。

平島が無口な一方、妹の影子は人一倍余計に喋る。兄が母の腹に置いてきた言葉を妹が持ってきた、というのは実家の使用人が言っていた陰口であった。

「影子、僕はね、猫探しなどしたくないのだ」

この一言を告げるまで、影子は兄に十倍以上の文言を一方的に浴びせていた。それでも必要な言葉を聞き分ける能力が達者なようで、不意に目をパチクリとさせる。

「そうでしたの？　では、堀井のおばチャマに断りを入れてきましょう。ええ、お気になさらないで。お兄チャマが出向くと申し訳が立ちませんものね、紹介した影子自らが……」

話しながら帽子を拾い、影子は今にも部屋を飛び出そうとしていた。

ふと、平島が左手の人差し指を立てて示した。

「あら？」

それを見た影子がピタと動きを止める。これは二人の間で取り決めた合図で、兄が左手の人差し指を立てた時は「少し待って欲しい」の意味になる。

「猫探しの依頼は受ける。でも、これを最後にしよう。僕はもっと、探偵らしい事件を解決したいのだ」

「あの〝華族殺し〟のような？」

ぐっ、と平島が言葉に詰まる。

この妹にとって兄が何を目指しているかなどお見通しであった。彼が急に実家を出た時、そして「探偵になる」などと宣言した時、世間を騒がせていた話題がそれだった。

「ずっと気になさっていましたものね。私の学友に関係者がいないか確かめて。もちろん関係者はいますが、いなかったと言い張って無視してきましたが」

かくあっては平島に言い返す術などないのだが、それでも一言だけ伝えたいものもあった。左手の指を立てたまま、彼はオホンと咳払いをする。

「あの事件は、僕が解決すべきだ。なんたって僕は——」

「元、華族ですわよ？」

平島の立てられた指が、しおしおと力なく折れていった。

3

ここで平島元雪の家柄について話すべきだろうが、これもまた重要なようで重要でない些細なものである。

そもそも平島子爵家というのは、古くは源家足利氏の流れをくみ、江戸幕府にあっては高家旗本の家柄だったものが、明治期に華族として叙爵されたものである。

他の高家旗本が士族止まりで爵位を持てなかった一方、平島子爵家の初代は維新の際に活躍したことで、いわゆる勲功華族となった。言ってしまえば幕府を早々に裏切った結果なのだが、世間には足利氏の末裔、幕府の旧臣、維新の立役者などと都合の良い顔だけを見せている。これもひとえに初代平島子爵、つまり元雪の祖父に〝騙り〟の才があったからだろう。

翻って、次代の平島子爵となるべきだった男には、残念ながらそうした才能は継がれなかった。ついでに家を追い出されたことで、爵位すら継がれないことになる。

（もう少し、喋りの才能があれば）

常日頃から抱く、平島の切々たる思いだ。

別に地位や名誉にこだわる気持ちはない。華族などと言っても、平島にとっては単なる肩書き程度でしかない。欲もそれほどないから、平民として暮らすのに不便もない。だからといって胡乱な探偵稼業に乗り出すのは、どうにも高等遊民としての甘えがある。甘えはあるのだが、こればかりは目を瞑って貰いたい、と平島は思っている。

（期待されるのは辛かったが、見放されるのも辛いものだ。当然ではあるが）

そう思う平島は今、市電の万世橋停留所にいた。

ついさっき、湖月なる年少浪曲師——果たして浪曲を演じていたのか平島にも判然としないものの——と出会ったばかりだが、既に彼の人の芸を羨ましいと思い始めていた。

（あれほど流暢に喋れれば、なんでもできるだろう）

叶うなら、もう一度でも湖月の芸を目に焼き付け、いや、耳に溶かし込みたいと思った。

あの年少浪曲師ほどに喋りが達者ならば、まず猫探しも早々に解決できたし、そもそも依頼を断ることもできただろうし、言ってしまえば口喧嘩で実家を飛び出すこともなかった。

（まぁ、いいか。猫は明日あたり見つけられるだろう）

平島は悩み深き青年であるが、一方で短絡的かつ、なんとも呑気なところがある。平民と江戸っ子と華族の悪いところを全て引き継いだのだ。

さて早春の夕空は未だ明るく晴れやかだが、不安の亀裂のように路面電車の架線が縦横に走っている。まるで自分の心のようだと平島が自嘲したところで黒い架線が揺れた。カンカンと警鈴の音を鳴らして路面電車が滑り込んでくる。

停車した路面電車に人々が我先にと乗り込む。ゆったり待っていた平島も乗車しようとするが、気づけば人混みに流れ流され、車内の奥へ奥へと進んでいく。

時刻は夕暮れ、帰宅するサラリーマンと繁華街に繰り出す若者の多いこと。車中に詰め込まれたのはハットを被った紳士に着物姿の御婦人方。横並びの座席に座れた者は幸運で、そうでない者は吊り革を逃すまいと力を込める。無論、平島もその一人。

（まいったな）

停留所に着くたび満員電車の中身は総入れ替えだ。人間に雑巾でもまとわせておけば掃除の手間すらかかるまい。

「あ」

と、これは情けない平島の声だが、車内でそれに気づく者はいない。ちょうど路面電車は駿河台下の停留所を出発した。本来なら平島が降りる場所だったが、やはり「降ります」の一言が出てこない。こうなっては行くところまで行くしかない。

（だから市電は嫌いなんだ）

しかし、ここで思わぬ出会いがあった。

「おっと」

道のカーブに電車が揺れ、平島は摑んでいた吊り革を思わず手放してしまった。そのまま転べば良かったが、これでも恥の概念はある。だから体勢を崩しつつも、座席側に思い切り手を突き出してしまう。

「ひゃん」

などと甲高い声があった。無論、平島からではない。

目を開ければ、座席の人物と一寸の距離で顔を突き合わせていた。黒百合のような陰鬱な目は潤んでいて、平島の手に触れる髪は柔らかだ。ちょうど彼の人を抱くような体勢で、窓ガラスにドンと腕をついてしまったのだ。

「あ」

この人物を平島は覚えている。ほんの数十分前に万世橋で見かけた相手であり、その話芸に感心した張本人――真鶸亭湖月なる年少浪曲師だ。

そこで平島の思考は凍結してしまった。すぐさま謝って腕を引けば良かったが、湖月との奇妙な再会に意識が持っていかれた。何も考えられず、彼の人と見つめ合うだけだ。

だから、次の合間には湖月がイタチの如く、愛らしくも悪辣な笑みを浮かべた。

「お兄さん、スケベだ」

犬歯を見せつけて笑う湖月の甘い声に、平島はバッと身を引いた。その際、背後の誰かにぶつかった。

「失礼」

その言葉だけが飛び出た。背後の誰かに言ったものであり、目の前の湖月に向けたものでもある。

「こちらこそ、からかってごめんなさいね」

そう言う湖月は目を細めてクスクスと笑う。もう平島に興味もないのか、首をひねって車窓の外を眺めだした。ちょうど神保町の停留所に近づいている。この辺りは先に大きな火事があったが、今や新たな古書肆が店を構え始めている。なんとも力強いことだ。

グン、と路面電車が停まった。

今までより多くの人が乗り降りする場所だったから、平島も他人と一緒に外に出ることができた。ここからなら、歩いて事務所に帰ることも可能だ。

(ああ、でも)

ただ平島は停留所で立ち止まっている。理由は単純だ。

(あの人も降りたのだな)

平島の視線の先に小さな背丈の人物がいる。言わずもがな、年少浪曲師の湖月である。

(このまま帰ってしまうのだろうか。それとも、また別のところで芸を披露してくれるだろうか)

人混みに紛れているから向こうは気づかないだろうが、平島の方はその黒い透綾の羽織を何度も睨めつけている。

（あの人の行き先でも知れたら、そのまま見に行ってみよう）

なんといっても、先の一曲は途中から見たために全容を知らぬ。次にいつ会えるかもしれぬ。ならば追ってでも確かめたい。芸能者にとっては喜ばしいことだろうが、無言で追いかけるのは不気味極まりない。

（あの人を真似れば、あんな風に笑えるのだろうか）

チンチンと鳴る路面電車の警鈴。その音に合わせ、平島の鼓動も速まっていく。

（どうすれば、あの人のように流暢に話せるのだろうか）

あの笑みが目に焼き付いて、あの甘い声が耳に溶け込んだ。ドロドロとした鉛が心臓の炉に流し込まれたのだ。

ようは憧れの気持ちと恋心が同時に芽生えたのだが、平島はそれを直接に伝えられるほど器用ではない。熱い感情を冷やし固めて、口から吐くことができないでいる。

かくして平島は帰宅を諦め、無軌道な追跡行動を始めたのだ。

4

神保町の停留所で市電を乗り換え、湖月は大塚方面へ向かうようだった。無論、平島はそれを尾行している。

最近の大塚といえば結構な繁華街で、北豊島の中心地として人々の往来がある。大道芸の場としては恰好の土地だから、これは湖月もただ帰るのではなく、もう一席打つのだろう、と平島は推測した。

（はて？）

しかし、平島の予想とは少し異なり、湖月は大塚駅停車場の手前にある大塚町で下車した。人通りもあるにはあるが、駅前よりは閑散としている。また市電を乗り継ぐのかと思いきや、湖月はそのまま西へ向かって歩き出した。

すでに宵の口だ。駅の方ならば街灯もあるが、ここらは陸軍の弾薬庫があるくらいで、暗い路地が延びているだけだ。頼りとなるのは左右の家屋から漏れる電灯の薄明かりのみ。平島は湖月を見失わないよう慎重にあとを追う。

そうしていると、ふと平島の目に入る建物があった。

（ああ、そうか。あれは護国寺だ）

薄闇の向こうに鬱蒼とした木々が並び、ぽっかりと拓けた空間がある。立派な門――護持院惣門だ――しか見えないが、この先に行けば広大な護国寺の境内がある。

（なるほど、大道芸は寺院で行うと言うしな）

平島が一人で納得していると、ほんの一瞬だけ湖月を見失った。行き交う人々の陰に消えたのだ。

慌てて小走りで進めば、シャン、と響く音が耳に届いた。

（あっ）

平島が気づいた時には、すでに湖月は路地の端に寄っていて、大道芸の準備を終えていた。足元に投げ銭用の鉢が置かれ、照明として一本の朱蠟燭が据えられている。

ぼお、と蠟燭に火が灯った。

キン、シャン、キン、シャン。湖月は手にした短い錫杖を鳴らし、道行く人々の足止めを行う。東西声の呼び込みもなく、ただ托鉢僧の如くに錫杖を鳴らすのだ。

（意外と集まってきたな）

これも湖月の演出なのか、寺院の近くで錫杖を鳴らせば誰もが一度は視線を送る。そうなれば宵闇に薄っすら浮かぶ人影にギョッとする。

（もう十人も集まったか）

時間が時間だけに女性の姿はないが、物珍しさに足を止めた若者が二人、酔い醒ましに散歩をしていたであろう紳士が一人、そして護国寺の方からやってきた喪服の集団が数人。最後に、しれっと人混みにまぎれた平島を加えての見物客だ。

キン、と湖月の振る錫杖が最後に強く振られた。

「さァて」

十分に人が集まったとみえ、ようやく湖月の口上が始まった。

「今宵一席、真鶸亭湖月の語りを披露いたしましょう。御用とお急ぎでない方々は是非にお聞きなさい」

小鳥の鳴くように儚げで、しかし矢の貫くように遠くまで届く声だ。

「しかし、さて、しかし、此は如何な芸じゃと、お尋ね物問い道理も千万。お答えすれば、これは単なる〝カタリゴト〟と思っていただければ大いに結構。なんといっても、西に行きては辻読み、説経、浮かれ節、東に行きてはちょぼくれ、祭文、アホダラ経。都合都合に呼び名を変えておりますので、今は、そうですね、流行りの浪花節とも名乗りましょう」

湖月の冗談に聴衆から最初の笑い声があった。

だが、この場で平島だけが違和感に気づいている。夕方に見た芸は、ここまで怪しげなものではなかった。

(まるで雰囲気が違うな)

足元の蠟燭が照らすのは藍鼠の袴だけで、黒い羽織は周囲の闇に溶けている。湖月の顔も儚い明かりに妖しく照らされ、少女のようにも、はたまた青年のようにも見える。

「時に、この〝カタリゴト〟というのは、皆々様からお題をもらって即興で話を作るものであります。落語で言えば三題噺といったところなので、三つでもあればいいでしょう」

ただし、と一拍置いてから声が続く。区切りのようにシャンと錫杖の音があった。

「頂くお題は奇妙奇天烈、摩訶不思議なものが良い。お立ち会いの皆々様で、常日頃よりこれは異なこと、怪しげなりと思われた事柄、はたまた筋の気に入らない話があれば、どうぞこちらへ投げつけてくださいな。さすれば当意即妙、軽妙洒脱、それらを道理の縄で括ってみせ、一つの〝カタリゴト〟としてお聞かせいたしましょう」

ほう、と唸ったのは平島だけではなかった。

聴衆の中でも面白い趣向だと感じた者がいたのか、何人かは周囲の者たちと相談を始めていた。

「さァ、さァ、どんなお題でも結構でございます」

湖月が場を盛り上げるように錫杖を鳴らす。シャン、キン、シャン、キンと拍が取られていく。しかし、面白いと思ったはいいが、どうしたものかと聴衆から手が上がることはない。

(何か、何かあればいいが)

ここで平島、じわりと額に汗が滲む。鳴り響く錫杖の音によって、まるで自分が焦らされているように感じてしまったのだ。つい学生の頃を思い出す。なるべく教師に指されないように、顔を伏していた同級生たちを幻視する。

「おや?」と、湖月の声。聴衆の中にあって真っ直ぐ伸ばされた腕。誰あろう、平島のものである。

(何も思いつかないが)

つまり、平島とはこういう男である。

同級生たちが教室で顔を突っ伏す中、たった一人でも手を挙げ、教師から放たれる言葉の銃弾を一身に受けてしまう。勇気がある訳ではないが責任感はある。というか、他人の責まで不必要に負ってしまう。雉も鳴かずば撃たれまいが、平島なら雉より早く鳴くだろう。

(ああ、どうして手を挙げてしまったんだ)

そんな平島の後悔が伝わるはずもなく、湖月の方は実に嬉しそうな声を出した。

「なんとまぁ、見知ったお兄さんだ。なんてことを言うとサクラじゃないかと思われちゃいますね。もちろん違いますとも」

話の出しに使われた形だが、これで気安い雰囲気ができたのだろう、数人の笑い声が重なる。とはいえ当の平島はそれどころではない。

(どうしたものか、お題、お題だ。なんと言っていた? 怪しげなこと? あるはずがない。日々を真面目に生きてきたのだぞ)

グルグルと平島の思考が巡る。チラと前を向けば、薄暗がりに湖月の笑顔が見えた。

「さてさて、お兄さんからは如何なお題か」

平島の気持ちなど知らぬ存ぜぬ、湖月の錫杖が「答えよ答えよ」とばかり小気味よく鳴らされる。

(筋の気に入らない話、ならばある、が――)

いよいよ追い詰められた平島。脳で考えたことが濾過されることもなく、口からスポッと飛び出た。

「猫の話」

シャン、と音が鳴った。

いくらか無言の間が続き、まず湖月が嬉しそうに笑った。

「にゃんとも、にゃんとも。可愛らしいお題ですが、なるほど相承りました。何はなくとも猫は登場させましょう」

可愛らしいと言われたが、平島にとっては大真面目かつ大事件だ。本当なら「猫探しをしているが見つからない」と続けるつもりだったが、そこまで一息で話せない口下手ぶり。

しかし、これも怪我の功名——平島が負った傷に誰も気づかないが——なのか、ワァ
っと場の空気が和やかなものになった。

「ではでは、二つ目のお題はいかが？」

聴衆の緊張も解けたか、ほろ酔い加減の紳士が手を挙げた。

「少し長い話でも構わないかね」

「もちろん、もちろん」

では、と紳士が咳払いを一つ。

「自分は新潟の出身なんだが、そこに伝わる民話がある。以前から、この話の筋が気に
食わなくてね」

「はて、いかような」

　シャン、と拍子が取られた。

「その民話だと、柏崎に藤吉という船大工がいてね、それが海を挟んで向かいにある佐渡島に仕事へ行った。藤吉は現地でお弁という娘と恋に落ちたという」

「はて、それからそれから」

「やがて藤吉は実家に帰ったが、お弁は恋しさのあまり、夜ごとにタライ舟を操り、海を渡って会いに来る。だが藤吉は故郷に妻子がいたんだ。お弁が鬱陶しくなったのか、藤吉は岬の常夜燈を消してしまった」

「なるほど、さてはタライ舟に乗りたるお弁、あわれ夜の海へと消えていく」

　湖月の合いの手を受け、紳士は深く頷いたようだった。

　まるで客の語りも芸の一部だ。こうして聴衆が芸に参加できるというのも、湖月の魅力なのだろう、と平島は思った。

「この話が苦手でね。まるで新潟の人間が冷たいみたいじゃないか。せめて悲恋の物語にでもなればいいが」

　シャン、と錫杖を鳴らしつつ湖月が微笑んだ。

「ご要望承りましてございます。ではでは、こちらの話を悲恋話に仕立てましょう。しかし、もう一つほど、お題を混ぜましょうか。他に何かございますか？」

　その問いかけに、今度は喪服の集団から手が上がった。

「今の新潟の話を聞いて思い出したんだが」

「はて、いかような」

そこまで言ってから、喪服の男性は少し言葉に詰まった。平島は彼がどんな顔をしているのか気になったが、見えるのは黒い背広と後頭部だけである。

「すまない、手を挙げたが、どう話していいか」

「お気になさらず、ではこちらから問いましょう。まず所から、新潟の話とお見受けします」

「ああ、知り合いから聞いただけで詳しくは知らないが、中越のどこかであった出来事らしい」

「では何れの時の出来事で？」

「これも詳しくは知らないが、まぁ、維新の前だな。江戸の半ばか末頃か。とある庄屋での事件だと聞いたから、その時分だろう」

「ではでは、その事件とは？」

喪服の男性は短く唸った。この先をどう続けるべきか言葉を選んでいる。平島にも覚えがある光景だ。

対する湖月は錫杖をゆったりと鳴らしつつ、男性から言葉が出るのを待っているようだった。

「そうだな、変な話なんだが――」

シャン、と区切りのように錫杖が鳴る。

「死んだ人間が起き上がったんだと」

不意にぬるい風が吹いた。地面近くの蠟燭（ろうそく）の火が揺れ、湖月の唇が妖（あや）しく歪（ゆが）む。容貌（ようぼう）にそぐわない凄艶（せいえん）な笑みがあった。

キン、キンと錫杖の調子が変わる。それに呑（の）まれるように喪服の声も滑らかになっていく。

「その庄屋の男が、一度は死んで葬式もあげたっていうのに、数日後に再び家に戻ってきたんだ。ただし死んでいるからなのか、一言も声を発さない。とはいえ庄屋としての仕事はできるから、家の人間もそれを受け入れた」

「はて、それからそれから？」

「ああ、不思議なのはこのあとだ。それだけなら、死んだというのが間違いだったで済む。だが数年経って、庄屋の男が家の蔵で再び死んでいるのが見つかった」

「なるほど、さては死体というのが？」

「そうだ。今度は医者が来て庄屋の死体を調べたそうだ。亡骸（なきがら）が乾いていたか腐っていたか、それは知らないが、とにかく昨日今日死んだものではないのは確からしい」

だから、と喪服の男が静かに続ける。

「庄屋は死体のまま何年も働いていたことになる」

一区切りとばかりに錫杖が鳴り、ほう、と湖月から声が上がった。

なんとも楽しげな声だが、背後で聞いているだけの平島は冷や汗を浮かべている。いつしか場の空気は変わり、血に浸した帳で周囲を覆われたような息苦しさがある。

(なんだこれは、死者が蘇った話だというのか)

既に日も落ちた。宵闇に浮かぶのは蠟燭の明かりだけで、互いの顔も判然としない空間だ。これで怪談が始まるなら、今ほどに相応しい場面はない。

「なんとも面白いお題を頂戴しました。実に語り甲斐のあるものなので、こちらから付け足しを一つ。これも話のマクラだとでも思ってくださいな」

ふと湖月の身振りに変化が現れた。拍子を取る手はそのままに、まるで周囲の闇を掻き集めるように羽織の袖を振っていく。

「以前、大学の偉い先生から話を聞いたことがあります。その方の名前はラフカディオ・ヘルン、今時分では小泉八雲と言えば伝わりましょうか」

意外な人物の名が出てきた、と平島は思った。文学への造詣はそれほどないが、遠い異国に生まれながらも日本に帰化した作家の名は知っている。だがしかし、とも思う。小泉八雲は十数年ほど前に亡くなっている。果たして十四、五歳の湖月が話を聞く機会などあったのだろうか。

ただ平島の考えも予想の内なのか、湖月はニッコリと微笑んで続ける。

「嘘か真か、これは話の筋ではないので措くとして」

サァっと羽織が鳥のように広がった。

「この小泉先生、日本へ来る前はアチラコチラと世界を旅しておられたようで、中でもマルティニーク島といった、カリブ海に浮かぶ島々を訪れたことがあったそうな。さて、この辺りには土着の宗教がございまして、曰くブードゥーと言うそうです」

聞き慣れない単語に聴衆が揃って首をひねる。平島の知識で言えば、カリブ海にあるハイチという国のことは知っている。ちょうど数年前、アメリカに軍事占領されたとも聞いた。

シャン、と平島の思考を断ち切るように錫杖が鳴らされた。

「さて、そのブードゥーというものを小泉先生は研究なさっていたのです。そして先生は現地にて〝ゾンビ〟なるものを知りました。これは死者に憑く霊だというのですが、日本語で表現するのは難しいので、あえてそのまま〝ゾンビ〟としましょう」

さて、と湖月が声の調子を変えた。

「この〝ゾンビ〟というのは、死者を働かせるための呪術だとも言います。物言わぬ死体が起き上がり、命令された通りに田畑を耕すのです」

次第に湖月の声に節が入ってくる。鳥のさえずりにも思えたが、この闇の中ではヒョウヒョウと鳴く鵺鳥のそれにも近い。

「夜の波間に灯火一つ、棹差しゃ届く海の道。いくら漕いでも届かぬものは、我が恋い慕う心のみ。あの人死んだか、死んではおらぬ。世にも稀なる起き上がり、死して遂げ得ぬ思いもあれば」

いつしか蠟燭の火が小さくなっていた。暗がりに湖月の口元だけが浮かび上がり、桃色の唇は別の生き物のように動いていく。

「御参集なる皆々様へ、今宵語りますも標目は、題して〝大正ゾンビ奇譚〟」

シャン、と音が鳴った。

5

〽佐渡は居よいか、住みよいか。

小木は北前船の寄る湊、風待ち船も列をなす。大路を行けば台車が通る。あちら都の反物、灘の酒、蝦夷地の奇品珍品こちらへ走る。

さァさァ、どいたどいたと人夫が息せき切って現れる。御用船のご到着だ。衆目集まって、船へ積まれる長持ちを見守るばかり。中は何だと問うまでもない。佐渡の山より採れた金銀が詰まっている。

「あれのひとかけでも手にできりゃね。どこかに落ちてないかい？」

「馬鹿言っちゃなんめぇ。ご公儀が砂金の一粒たりとも残すもんかい」

お天道様が白帆を照らす。威風堂々、葵の御紋を掲げたる、あれぞまさしく弁財船。

ここは天領佐渡の国。言わずと知れた金の島。

さて、小木より半里も行けば宿根木の町がある。

削られた断崖の底、入江の内に板張りの家がひしめき合っている。住んでいるのは漁師の他、北前船で財を成した船主にその船子、あとは桶屋に鍛冶屋、それから船大工。とかく宿根木は船乗りのための町だ。

だから、トンカン、トンカン、今日も威勢のいい木槌の音が響く。

宿根木の外れ、入江の近くの一軒家。その土間で一人の男がドブネ、つまりは小型の漁船を直していた。

トンカン、トンカン。真面目な仕事ぶり。日に焼けた硬い肌、若々しい筋肉ながら能役者じみた優美な顔の男だ。しかしこの男、熱中しすぎて周囲が見えなくなるのが玉に瑕。

「あら、藤吉さん」

トンカン、トンカン、槌の音。

「藤吉さんってば」

トンカン、トン。さて、槌を振り上げた手が誰かの柔らかな手に摑まれた。藤吉なる男、振り返ってオッと一声。

「なんだ、お弁じゃあないか。おどかすない。声をかけりゃあいいだろう」

「まァ、呆れた。声をかけたじゃないか」

ふふ、とお弁が笑えば藤吉も笑う。これで夫婦でないのが不思議なほどの仲睦まじさ。

この日だって、藤吉は仕事の手を休め、お弁のために家を出た。

「俺ァ、お前に会えて良かった」

「あたしも同じさ」

迷路じみた宿根木の家々を抜け、二人は寺の方へ歩いていく。

崖(がけ)の真下には立派な堂宇がある。ふと見れば、苔生(こけむ)す岩から湧く清水。お弁が水を掬(すく)い、その手を藤吉に向ける。恥ずかしそうに藤吉もお弁の手に口をつける。

「藤吉さん、いよいよ島を出るんだね」

「ああ、名残り惜しいが船大工の仕事も終わりだ。明日には柏崎へと帰らにゃなんねぇ」

「あたしは島に生まれて島育ち、どうせ藤吉さんは向こうに好(よ)い人でもいるんでしょう。こんな女のことなんか、すぐと忘れてしまうのでしょうね」

「馬鹿なことを言うもんでない。行く宛もない俺を拾ってくれたのはお前の親父さんだ。そんな恩人の娘に苦労をかけさせちゃなんねぇ。その一心で所帯を持てねぇんだ。長持ち一杯の黄金とまでは言わないが、十分な銭でもあれば、今すぐ女房になってくれと頼まァな」

「まァ、またそんなこと」

二人抱き合い睦み合い、ひょっと口吸いでもしようという時だ。

にゃあ、と足元から猫の声。

「なんだい、ミツじゃないか。アンタも藤吉さんが帰るのを寂しがってんのかい?」

目を細めて灰斑(まだら)の猫がにゃあと鳴く。鉤(かぎ)の尻尾(しっぽ)をサッと藤吉の足に絡ませる。

お弁がミツと名付けた老猫だ。子猫の頃に拾って、家では飼えぬからと猫好きの和尚さんに託した。仲人のつもりなのか、この猫は二人の逢瀬をいつも見ている。

「藤吉さん、藤吉さん、どうか徒にはしてくださるな。あたしを忘れたら死んでやるからね。死んだらミツと一緒に化けて出てやるよ」

「おうよ、たとい死んでも忘れるものか。向こうで稼ぎに稼いでお前を迎えに来てやるからな」

藤吉はお弁の腰に腕を回し、その体をグッと引き寄せる。お弁も藤吉の首に手を伸ばし、再びこの腕に抱かれる日を待つこととした。

にゃあにゃあ、にゃあにゃあ。二人を見やるカモメが一羽、灰斑の猫が一匹。

さて佐渡の湊より藤吉が去ってから早半月、残されたお弁はタライ舟にて磯漁りの日々。大きな桶を櫂で操り、狭い入江をドンブラコ、アワビにサザエ、海藻の諸々を採っていく。

「ああ、藤吉さん。こうしている合間にも、会いたい気持ちばかりが募っていく。気もそぞろで漁どころじゃないよ」

一日二日と耐えてきたお弁だが、このところはキッと結んだ恋情の袋に綻びが出てきた。

「いっそ、このままタライ舟で海を渡って会いに行ってしまおうか」

思うより、やってみるのが易いもの。恋心に従うまま、お弁はタライ舟で海を渡ることにした。

お弁は入江を出ると、白波蹴立て、いざ柏崎を目指す。金波銀波を掻き分けて、身に飛沫がかかるとも、汗水に着物が重くなろうとも、恋する相手に会いたい一心で櫂を漕ぐ。

やがて波も黒々と夜の底、お弁は岬に常夜燈の明かりを見つける。それを目当てに最後のひと踏ん張り。

「ああ、ようやく藤吉さんに会えるんだ」

ついに到ったか、お弁は柏崎の湊にタライ舟を繋ぎ、身繕いする間も惜しんで、ビシャビシャと汗と潮とを滴らせながら駆けていく。

「藤吉さん、藤吉さんはおられるか。佐渡の小木から娘がやってきたよ、アンタに会いに来たんだ」

この声が届いたか、あるいは湊の人夫が伝えたか、程なくして藤吉が湊にやってくる。月の下で二人が再会を果たしたのだ。

「なんだお前、お弁じゃないか、その恰好はどうした？」

「笑わないでおくれよ。アンタ恋しさにタライ舟で海を渡ってきたのさ」

「佐渡からここまで渡ってきたってのか。あんな小さなタライ一つでかい？」

頷くお弁に藤吉は身震いする。娘のいじらしさに感極まったのか、それともゾッとするほどの執念に総毛立ったのか。

「お弁、お弁よ、俺はお前が会いに来てくれて嬉しい。だが親父さんには告げたのかい？　もし違うなら、早々に帰った方が良い。これじゃあ、俺がお前を拐かしたなんて風聞が立つ」

「あらまァ、それは確かに」

藤吉を思う気持ちばかりだったお弁だったが、そう言われると急に不安になってくる。これで藤吉に迷惑がかかるとあっては嫌われてしまうだろう。

「こうして一目でも会えた喜びと、それでもお前を帰さねぇとならない辛さ、わかってくれるかい？」

「もちろんさ、会いたさ一心でここまで来たけど、今はこうしてアンタの顔を見られて安心したんだ。次にアンタが佐渡に来てくれるまで、大人しく待っているとするよ」

そう言うや、お弁は藤吉と別れて再びタライ舟に乗り込んだ。また海を渡ることになるが、そこに辛さなど微塵もない。なんといっても愛しい相手に会えたのだから。

しかし恋情は熱病のようなもの。一時は抑え込んだ心だったが、翌日になるとまたぶり返す。

「ああ、藤吉さん、藤吉さん」

一度できたことは二度でもできる。次の日もお弁は一人、タライ舟を漕いで佐渡から柏崎まで渡っていった。

「なんだい、お弁、まさかまた来たのか？」

「ごめんよ、藤吉さん、ちょっと顔を見るだけで十分なんだ」

そう言ってみせ、短い夜の合間に逢瀬を果たす。

あとは弁（わきま）えているとばかり、お弁は心を落ち着かせて佐渡へと戻る。これが一夜二夜と続き、しまいに毎夜と続けば藤吉の心中も穏やかではない。

「お弁よ、俺ァ、お前が会いに来てくれるのが嬉しい。嬉しいは嬉しいが何より心配だ。夜の海を渡るのがどれほど恐ろしいか。お前の身に何かあったらと思うと気が気でない」

「なんと悲しいことをお言いになる。あたしの身など顧みるものか。アンタに会えない夜など、生きていても仕方ない。波にさらわれるより、アンタに会えないことがよっぽど恐ろしい」

それでワッと涙を流す。こうなると藤吉もお弁を慰めるほかない。かたやのお弁、こうまで身を焦がし、命を懸けて藤吉に尽くしているのに浮かばれない。いくら所帯を持てる身でないとはいえ、もっと優しい言葉でもかけてくれれば。次第にお弁の心も波風が高くなっていく。

そんな折のこと、相も変わらず、お弁が夜の内に柏崎の湊（みなと）へやってくる。すると、これは偶々（たまたま）、人夫が話しているのが耳に入ってきた。

「なァ、知ってるかい？　ここらで庄屋（しょうや）の吾作（ごさく）どんが逢引（あいび）きしてるそうだ。それも佐渡から女を呼び寄せてるらしい」

「そらァ罪作りだ。なんたって吾作どんは妻も子もおるじゃないか。お武家さんでもあるまいし、さては黙って佐渡の女を妾にしてるんじゃなかろうか」

お弁はタライ舟の内から声を聞く。まさか、と思いつつも不安は大きくなる。ゆらゆら波に揺れるまま、次第に疑念が募っていく。

「なァ、藤吉さんや」

「なんだい、お弁」

「アンタ、庄屋の吾作どんを知ってるかい?」

その晩、堪えきれなくなったお弁は藤吉に尋ねてみた。これで否定してくれたら、心もスッと軽くなる。

しかし、藤吉は神妙な顔で押し黙るばかり。

「なんとか言っておくれよ。胸が張り裂けそうだ」

「ああ、お弁、これまで黙っていたのが悪かった。そうだ、俺は船大工の藤吉だが、一方では柏崎の庄屋の吾作だ。だが、黙っていたのにも訳がある」

藤吉の言葉を聞いて、ワァっとお弁が泣き出した。後ろから声が掛かるが聞いたものではない。タライ舟に乗り込むや、お弁は真っ暗な海へと漕ぎ出した。

こうなると、あとも追えない藤吉だったが、お弁という娘に困っていたのは確かだった。お弁を好いているのは真心だが、藤吉には藤吉で語り得ない道理がある。

どうしたものか、お弁は何より別れがたい女。自らの道理も果たしつつ、お弁との仲を隠せないだろうか。

悩む藤吉の前に現れたのは、一人の僧侶。この僧侶が一計を案じることには。

「ならば常夜燈を消しなさい。あとは拙僧が体よく弔いを済ませよう」

さて、この一計でどうなるものか。

その日の晩、常夜燈の光が消えた。雨もしきりに降る夜だ、暗い暗い海の上、何も知らぬお弁はタライ舟を漕ぐ。

「ああ、昨日はなんてことを言ってしまったんだ。ちゃんと話を聞こう。妻子がいようが構うものか。藤吉さんに会えなくなることの方がずっと辛い」

ドンブラコ、ドンブラコ。何も知らぬお弁は柏崎を目指す。雨に濡れつつ、波に揺られつつ、漕いでも漕いでも湊に着かない。

「ああ、早く会いたい」

恋しい気持ちばかりが募っていく。タライ舟はザブザブと進む。いつまで経っても辿り着けない夜の波間。

時は巡り、柏崎の庄屋で葬儀があった。

死んだのは当主の吾作、つまりは藤吉であった。あわれにも藤吉、理由も定かならずに頓死したという。

かくして夜となり、当主の死体が布団に寝かされる中、近隣の人々が手伝いに訪れた。

「ああ、不憫だねぇ。まだ子も小さいだろうに、このままじゃ庄屋も務められねぇだろう」

葬儀の場で人々が噂する。これは何かの祟りではなかろうか。

にゃあ、にゃあ。

ふと猫の鳴き声が聞こえた。庄屋で猫は飼われてはいない。ならば何処かから紛れたか。

にゃあ、にゃあ。

座敷にヒタと猫の足音。見れば総身をずぶ濡れにした小汚い猫がいる。それもやけに磯臭い。まさか海を泳いで来た訳でもないだろう、と誰かが笑う。

にゃあ。

奥の間に置かれた死体を目指して、泥の足跡をつけつつ猫が歩く。鉤の尻尾に灰斑模様。毛に水滴らせ猫が進む。

にゃあ、にゃあ。

これを見て慌てたのは、枕経を唱えにきた僧侶だ。

「何を呑気に見ているんだ。通夜の場に猫を入れちゃいけない」

「はて、坊様、それはどういうことで？」

「猫が死体を飛び越えると、その死体は起き上がって踊るんだ。そもそも通夜で不寝番がいるのは、猫が死体に近づかないようにするためだぞ。いいか、あれは猫じゃない。

火車という妖怪だ。いいから捕まえて、どこかへ放り出せ」

僧侶にまくし立てられ、家の者が急いで猫に向かう。しかし、間の悪いことに誰かが灯明を倒してしまった。燃え広がることはなかったが、座敷が全くの暗闇となってしまう。

ボウっと再び部屋が明るくなる。僧侶が隣の部屋から行灯を持って現れた。

あっ、と誰かが悲鳴を漏らした。

猫がニタリと笑う。藤吉の体の上で、にゃあ、と鳴く。

もはや手を伸ばすも届かない。猫は近くにあった屏風に爪を食い込ませて、タタっと壁まで駆け上る。

家の人々、薄明かりに動くものを見てギョッとする。ただ魂消るばかりで誰も声を出せないでいる。

にゃあ。

最後とばかりに猫が鳴き、奥の間から逃げ出した。残された人々は布団の上に立ち上がった者を見る。

「なんだこれは、吾作どんが起き上がった。しまった、猫がまたいだせいで死体が蘇ったっていうのかい」

青ざめた顔をして、それまで死体だった藤吉が周囲を見回す。だからといって喋る訳ではない。ただ死体のままに動くのだ。

驚く人々の中、僧侶だけが藤吉の背を強く叩く。

「こうなっては仕方ない。猫の魂が吾作どんに入ってしまったのだ。死体として起き上がったのだ。拙僧が祈禱をし、中に入った魂を抜いてみせよう。ただし、時間はかかるかもしれん。一年か二年も祈禱を続けて、ようやく元の死体に戻るだろう」

これも祟りか、死んだはずの藤吉は起き上がり、死体のまま庄屋の仕事を務めたという。

「死んでからも働くなんざ、吾作どんも難儀だねぇ」

かくして、死人たる藤吉の働きぶりは近隣で噂になったが、やがて御役御免の時も来る。それより二年の後、家の蔵で死体が倒れているのが見つかった。

今度こそ、紛れもなく〝起き上がった庄屋〟は死んだのだ。

＊

シャン、と音が鳴った。

これまで物語に聞き入っていた平島だったが、不意に現実に引き戻される。ここは佐渡でも柏崎でもなく、護国寺近くの路上でしかない。

「さて、ここで一旦休憩としましょう。なんだこれは、とご不満ある方はここで立ち去られても結構だ。しかし、ここからが面白いところ。気になる方は今少しのお付き合い」

晴れ晴れとした表情の湖月がいる。これまで美声で節を回してきたのを労ってか、竹の水筒を懐から取り出して喉を潤している。

「今までは頂いたお題をただ組み込んだもの。このままじゃあ藤吉もお弁も報われない」

そうだそうだ、と言うように聴衆も首を縦に振る。

ほろ酔い加減の紳士は「藤吉は本当に不義理な男だったのか」と先を聞き、喪服の一人は「どうして庄屋は起き上がったんだ」と理由を問うている。無論、ただ「猫の話」とだけお題を出した平島も思うところがある。

それぞれの声を聞きながら、湖月は示すように人差し指を立てた。話を聞いてくれ、の合図なのだろうが、奇妙なことに平島が妹相手にやっていたものと同じだった。

「これより先は〝語り直し〟にて、今まで語ったものを再び道理の縄にて括るものとしましょう」

シャン、キン、と再び拍子が取られ始めた。

「さて、語りに入る前に少しだけ。猫にまつわる話を二、三ほどいたしましょうか。まずは簡単なもので、佐渡島に伝わる話です。ある飼い猫が主人に報いるために美女に化けて働いた。歌も踊りも見事なもので、主人は大いに助かった。この猫娘の名が〝おけい〟というので、そこから〝おけいさん節〟、今の〝佐渡おけさ〟が始まったという」

また次に、と湖月が続ける。

「これは『北越雪譜』という書物にある話で、江戸の頃、中越は南魚沼で葬儀があったそうな。死体を棺桶に詰めて野辺に送る葬列、すると突如として火の玉が現れ、炎の中から二股の尾を持つ怪猫が現れた。これぞ火車なる妖怪で人の死体が大好物だという。しかし、その場にいたのが越後雲洞庵の名僧、北高和尚。和尚は鉄如意で以て怪猫の額を叩き割り、恐ろしき妖怪を退けたのです。この時、和尚の着ていた袈裟は〝火車落としの袈裟〟として今に伝わるとか」

最後に、と湖月が殊更に声を明るくした。

「これは怖い話ではございません。今の二つの話を合わせたような、猫による報恩譚。世に〝猫檀家〟と伝わる話でございます」

湖月が場を盛り上げるように錫杖の調子を変えた。そろそろ次の話に入るのだと、これは聴衆も期待を高めていく。

「昔、越後のあるところに貧しい山寺がありました。そこの和尚さんは貧乏ながらもトラという名の猫を可愛がっておりました。するとある日、年老いたその猫が人の言葉で語りかける。和尚さん、私は長く生きたので猫又になりました。これも今まで大変お世話になったおかげ。ここで一つ、和尚さんに恩返しがしたい。近く、村の長者の娘が亡くなるので、その棺桶を私が浮かび上がらせます。そこで和尚さんは経文の一つでもあげてごらんなさい」

にゃあ、とここで湖月が猫の手を作って鳴き真似を披露する。以前に平島が万世橋で見たような、実に愛らしい仕草だった。

「さて後日、老猫の言う通りに長者の娘が亡くなった。棺桶を運んで野辺送りにしていると、不意に猫の鳴き声がし、棺桶が空へ浮かんでいく。すわ火車でも現れたかと人々は恐れをなす。長者が方々の高僧を呼んで調伏を頼むが、誰一人として上手くいかない。それで、やがて貧乏な山寺の和尚さんにも声がかかった。和尚さんはグルグルと浮かぶ棺桶を前にして経文をあげる。トラヤ、トラヤと猫の名を呼ぶ。すると棺桶は即座に元へと戻った。驚いたのは村の長者、この方こそ間違いなく名僧だと、和尚さんの寺に財産をたんまりと寄進した。それ以来、和尚さんの寺は有名になり、貧乏暮らしをせずに済んだそうな」

シャン、キンと錫杖の音が響いていく。あるいは湖月の朗々たる声に引き寄せられたか、いつの間にか、平島の後方にも聴衆が集まっていた。

「ではでは、これよりが〝語り直し〟でございます。今の三つの猫の話こそ、先の〝大正ゾンビ奇譚〟の裏の顔でありますれば」

シャン、と再び錫杖が鳴らされた。

6

〽寄せては返す波の音。立つはカモメか群千鳥。

時はいくらか戻り、藤吉が佐渡より柏崎へ戻った頃のこと。湊に降りた藤吉に駆け寄ってくる女がいる。

「藤吉さん、よく帰ってきてくれたね」

「ああ、義姉(ねえ)さんじゃないか。家を追い出された俺を出迎えに来てくれるなんざ、身が引き締まる思いだ。佐渡に文が届いた時は驚いたが、兄上の具合いはそんなに悪いのかい？」

頷(うなず)く女。この者こそ藤吉の兄の妻。何を隠そう、藤吉の兄こそ柏崎の庄屋(しょうや)で、名を吾作という。

藤吉は兄の妻に連れられて庄屋の屋敷へ向かう。しかし、どうにも不思議な道行きだ。雨でもないのに藤吉には蓑笠(みのかさ)を被(かぶ)せ、人目につかない裏門から家へと入っていく。隠れ隠れて奥の間に行けば、布団に横たわる吾作の姿がある。今は病にやつれているが、顔は藤吉と似て能役者の如く優美なものだ。

「ああ、藤吉か。よく来てくれた。佐渡で元気にやっていると聞いてはいたが、こうして呼び立てたこと詫(わ)び入りたい」

「なに言ってくれる。俺は不出来で庄屋の仕事もできねぇ。逃げるように家を飛び出して、なんとか佐渡で船大工をやってきた。だが兄上には恩がある。その兄上から助けてくれと言われれば、惚(ほ)れた女を残してでも戻ってきてやらァな」

兄弟揃って情が深い。久々の再会に咽(むせ)び泣く。だが吾作、そこでゴホと咳(せ)き込む。

「藤吉、ああ、藤吉よ。俺の命ももう長くねぇ。肺の病だ。死ぬのは怖いが、それは幼い我が子と女房を残して逝くからだ。だから、たった一人の弟に助けを請うた」

「おうとも、兄上、なんでも言ってくれ。義姉さんも甥っ子も俺が面倒見てやる」

「ああ、そりゃ心強い。だが、より怖いのは役目を果たせず去ることだ。つまり庄屋の仕事を勤め上げられないんじゃ、村の人たちに迷惑がかかる。そうなると妻も子も肩身が狭くなる」

　庄屋といえば村のまとめ役で、武家のように代々に亘って役職を継ぐ家もある。しかし、この柏崎の庄屋は村の有力者が交代で務めるものだ。

　吾作は不運にも、庄屋を継いだ直後に病に倒れたという。

「そこで藤吉、お前に俺の代わりを頼みたい。あと二年もすれば、今の庄屋のお役目も終わる。俺が死んだら、その間だけでも頼まれてくれないか？」

「おっと、兄上、なんでも言ってくれとは言ったが、それはあんまりだ。俺なんかが庄屋の仕事をできるはずがない。仕事だけなら、他の庄屋に任せられねぇのか？」

「前の庄屋は隠居した爺さんで、次の庄屋は年端も行かない男子だ。こっちは二年もすれば若衆に入るが、今から無理はさせられない」

「なるほどな。その中なら確かに、一番に無理ができるのは俺だろうよ。だが、ここに来るまで俺は顔を見せないように隠れて来た。となれば兄上の胸勘定もわかるってもんだ。さては俺に兄上の影武者をやれってんだな？」

　こくりと頷く吾作。これも庄屋の責任感か。不出来と言われた弟を表に立てたなら、村人も不安で仕方がなかろう。よって顔の良く似た弟を自分の代わりに仕立て上げようという。

「藤吉よ、こんな面倒を情だけで頼むのも不義理だ。長持ち一杯の黄金とまでは言わないが、お前に残す十分な銭はある。どうかこれで受けちゃくれないか？」

「兄上よ、俺は情だけでも受ける腹積もりだが、くれるって言うなら銭を受け取りたい。そいつで幸せにしてやりてぇ女がいるんだ」

そう言うや、藤吉は涙を流して兄の手を取る。兄の吾作も、細く萎(な)えた手で以て、また弟の手を取った。

外に秘すれど互いを思い合う、これもまた兄弟の契り。

かくして藤吉は吾作と成り代わる。

さて庄屋の仕事といえば、とかく面倒事ばかり。文書をまとめ、争いをまとめ、税に年貢を取りまとめ、上は代官奉行の無茶なお触れに頭を下げ、下は村人の無茶な願いに頭を下げる。これも間に立つ者の身の辛(つら)さ。

「なんてことを引き受けちまったんだ。今は余計なことを言わず、ただ頷いてりゃいい。俺は読み書きも達者じゃない。どれも病床の兄上に任せきりだ。でも、兄上が死んだら誰に頼めばいいんだか」

そんな悩みを抱えた藤吉のところに、佐渡からタライ舟に乗って女が来たという話が届く。まさかと思いつつ湊に顔を出せば、そこにお弁の姿がある。

「なんだお前、お弁、お弁じゃないか」

これも一時の逢瀬。藤吉は無邪気にお弁と会えたことを喜んだ。しかし、それが一日二日と続くと心配事が増えてくる。

「今の俺は柏崎の吾作だ。まだ誰にも見られちゃいないが、これが広まれば兄上に迷惑がかかる。かといって俺が佐渡に行く暇なんてあるわけがない。ああ、お弁、もう二年でも待っていてくれれば」

しかし間の悪いことに、当のお弁が藤吉こそ庄屋の吾作だと言ってきた。しかも妻子ある身の不倫を疑われる。妻子があるのは兄の吾作であって藤吉ではない。だが理由を説くこともできず、お弁は泣いて去っていく。

しかも悪いことは続くもの。まさに藤吉がお弁と会っていた夜の内に、屋敷で吾作が命を落とした。しかも死体を見つけたのが、藤吉の成り代わりを知らない、外から来た役人だという。

「これは事だぞ。屋敷の前は人だかりだ。庄屋の吾作が死んだと誰もが騒いでやがる。きっと義姉さんも誤魔化しきれなかったんだな。これじゃあ俺が出ていく訳にもいかない」

物陰から屋敷を窺う藤吉。昼ともなれば、門の外に村人が集まっているのがわかる。既に葬儀の準備も進められているのか、やれ棺桶を運び込め、どこそこの坊主を呼べなど騒いでいる。

「参った。これでは兄上との約束も果たせないし、お弁とも二度と会えないかもしれない。なんて巡り合わせだろうか」

藤吉の心も晴れず、一天俄にかき曇り、ザァザァと雨が降り出す始末。当て所なく、藤吉はフラフラと岬の方へと歩く。波高く、岩に飛沫も舞い上がる。

ふと見れば、岬に石造りの常夜燈がある。立派な灯籠だから、雨夜でも中の火は消えない。これを目当てにお弁は海を渡ってきたのだろう。

「もうお弁も来ちゃくれねぇだろう。どうにもならないなら、いっそ身投げでもしちまおうか」

雨に濡れつつ藤吉、岬の端に歩を進める。もう一歩でも進めば海に落ちようかといった時、ふと後ろから声がかかる。

「おや、そこにいるのは藤吉じゃないかね」

「なんだって、俺をそう呼ぶなら村の人間じゃないな」

サッと藤吉が振り返ると、そこに立派な袈裟を着た僧侶がいる。誰かと思ったが、そこで袈裟の中から灰斑の猫が顔を覗かせる。

「誰かと思えば、ミツを預けた宿根木の和尚さんじゃないか。さては庄屋の葬儀に呼ばれた坊主ってのは、和尚さんなのかい？」

「さようさよう。庄屋の吾作どんに、前々から頼まれていたものでね。どうせなら藤吉に会って、久々にミツの顔も見せてやろうと思って一緒に来たのだ。それより、何か悩んでいるのか？」

　さては全てお見通しだろうか、と、藤吉は宿根木の和尚に今日に到るまでの一切を話すことにした。

「ほう、ならば一計を授けよう。まず常夜燈を消すのだ。さすればあとは拙僧が体よく弔ってみせよう」

「和尚さん、なんてことを言いやがる。あの常夜燈を消して、お弁を暗い海に沈めろってのかい。ああ、それで俺も海に飛び込みゃ、確かにあの世で一緒になれらァな」

「いやいや、早合点するでない。消すは消すでも、あの常夜燈ではない。もっと小さな常夜燈があるだろう。これぞ〝猫檀家(だんか)〟の計よ」

　はて、と藤吉が首を捻(ひね)る。それを見てミツがにゃあと鳴く。

　この晩、庄屋の屋敷で通夜があった。

　ここまで語れば、さてはと思うものもあろうが、まさにその通り。枕経を唱えに来たのは宿根木の和尚。布団に寝かされた吾作の死体。そして奥の間屏風(びょうぶ)の裏に、一計を授けられた藤吉が隠れている。

「通夜の間、灯を絶やしてはなりませんぞ。これは常夜燈。もし消せば、そこに火車でもやってきてしまう」

和尚が屋敷に集まった者たちに話してみるが、これも全ては計の内。やがて時を見計らい、和尚が藤吉に合図することになっている。

にゃあ。

と、これぞ合図。和尚が連れてきたミツが座敷に入り込む。慌てふためく人々。和尚、どうして猫を入れるのだ、などとまくし立てる。ふと常夜燈が倒された。

この時、混乱の中で蠟燭（ろうそく）を消したのは吾作の妻だった。奥の間が暗闇に包まれる中、まず藤吉が屏風の裏からスッと出てくる。そこから先は入れ替わり。藤吉は吾作の死体を屏風の裏に隠し、代わって自分は布団の中へ入る。

次に和尚が行灯（あんどん）を持ってくる。いつしか猫は藤吉の胸の上。バタバタと騒いで鳴いて去っていく。次に藤吉がすることといえば、ただ普通に起き上がるだけだ。

さて、するとどうなる。

「しまった、火車によって死体が起き上がってしまった」

和尚が高らかにのたまえば、これに異を唱える者はいない。それだけの騒乱ぶりだ。吾作は猫に憑（つ）かれて蘇（よみがえ）ったのだと、これは村人も認めざるを得ない。

全くの〝騙（かた）り事〟なれど、これも方便。藤吉は衆目の中で兄と成り代わることに成功した。

夜更け、波打ち寄せる岬にて、吾作となった藤吉はお弁と会っていた。

「そういうことだから、あと二年ほどは庄屋の吾作どんを務めなきゃいけなくなった。だが、そのあとは必ずお前を迎えに行く」

固く約して、藤吉は佐渡に帰るお弁を見送った。

それより二年の間、藤吉は起き上がった死体のままに庄屋の仕事を全うした。無論、死んでいるから余計なことを言う必要もない。読み書きなどは宿根木の和尚に頼んでやってもらった。

庄屋としての名誉は保たれ、いや、それ以上に「死してなお働く吾作どん」と村の評判となった。ただ一点、村の人らの言うことには。

「あの吾作どん、前に比べりゃ腕も太くて筋張ってるじゃないか。まるで船大工のようだ。死んで壮健になるなら、いっそ俺も死んでみようか」

などと笑い話にもなる。

かくして二年後、和尚が立ち会う前で屋敷の蔵が開かれた。そこに隠されていたのは吾作の真なる死体。今度こそ手厚く弔ってやって欲しいと、これは屋敷を去る藤吉からの頼み。

庄屋の仕事を勤め上げた藤吉は、亡き兄から託された銭を抱えて佐渡へと向かう。ついに愛しい女を迎えにいける。

佐渡へ、佐渡へと草木もなびく。

＊

シャン、と物語の終わりを告げる音があった。

「さてさて、これにて話のキリとなりました」

現実に戻ってきた平島は、改めて周囲を見回す。夜も更けたかと思いきや、語りが始まってから一時間も経っていない。ただ語りの中だけで、何年もの時を経て、遠く離れた土地のことを思い起こさせた。

改めて前を向けば、湖月が深々と頭を下げていた。類(たぐい)まれなる美声で節を回し、別人のように声色を使い分けて啖呵(たんか)を切っていく。この年若い芸人に聴衆も惜しみない賛辞を送っている。

語りの巧みさだけではない。三つの異なる題材を織り交ぜ、奇妙な話に道理を通し、最後は悪意と怪異の裏側に人間の情を語る。その新奇な技を見せてくれた年少浪曲師に、平島も自然と拍手を送っていた。

「では、最後にお気持ちの一つでも頂けると嬉(うれ)しく存じます。いやなに、長持ち一杯の黄金とは申しませんので」

正面を向いた湖月に艶(あで)やかな笑みがある。聴衆も笑い声をあげ、それぞれが財布に手を伸ばそうとしたところ。

ぴぃ、っと警笛の音が響いた。

人々が音のした方を向く。ふと見れば路地の向こうから制服姿の警官が近づいてくる。厳しい顔をし、手を振って聴衆に散るよう促している。

「おっと、これはいけない。さすがに長居をしたようで」

湖月がしまったとばかり、短く舌を出した。

「今宵はこれにて、それではまたのお立ち会い」

咎められるのを恐れてか、湖月はヒョイっと空の鉢を拾い上げ、聴衆の足元をすり抜けていく。それこそ猫のように、誰の体にぶつかることなく、そそくさと退散していった。

「あ」

平島の横を湖月が通り過ぎる。その瞬間、チラと互いの視線が交わる。上目遣いのまま、湖月は誘惑するように赤い唇の端を上げた。

警官が到着するが時既に遅く、人々を集めた張本人は雲散霧消している。聴衆もまた夢から覚めたように方々へと散り、それぞれの日常に帰っていく。

ただ一人、平島だけが湖月の去っていった方を見つめていた。

7

平島は薄暗い護国寺の境内を歩いていた。

（砂利に新しい足跡があるな。こっちに来たのか）

猫探しは不得手だったというのに、湖月を追いかける能力に関しては平島も名探偵だ。走り去った方向と僅かに残った痕跡を辿って、湖月の行き先を推理したのだ。

しかし、平島は自分が何故ここまでするのかを理解していない。

（僕はただ、君の語りをもっと聞きたいんだ。君のようになりたいと心から思った。だから、こうして追ってきたんだ）

平島は必死に言葉を考えている。近くに湖月がいると信じて、もしも出会った時にどう話そうか思いを巡らせる。

（追っている、と言って怖がられないだろうか。少し気持ちが入りすぎているな。もっと軽い方がいいだろうか。ちょっと冗談めかして言うのもいいだろう。それこそ映画に出てくる探偵のように）

たとえば、と平島、つい考えた言葉が口を衝いて出る。

「そこにいるのはわかっている。隠れてないで出てきたらどうだ？」

さもないと、と続けたところで近くの茂みが揺れた。平島は身を硬くし、こわごわと横を向く。

「わっ、隠れてないですって！」

そんな声が響いたあと、ウサギが飛び出す如くに湖月が茂みから顔を覗かせた。

「あ」

着物姿はそのままに、全身に葉を引っ付けて、湖月がガサガサと茂みを掻き分けて出てくる。ただ目につくのは恰好だけではない。

「え、猫？」

どういう訳か、湖月は一匹の猫を抱えている。

「ああ、この猫はお気になさらず。知り合いの猫なのです」

「いや、え、猫」

先程の威勢はどこへやら、平島は湖月の抱く猫にしか目が行かない。なんといっても、その猫というのが金目銀目のハチワレ猫で、毛は少し灰色、顔が力士の太刀山に似ているからだ。

「その猫、ヨコヅナじゃないか！」

と、叫ぶ平島。ここ一年で最も大きな声が出た。

「おや、この猫のことを知っていらっしゃる。もしかして、堀井さんとお知り合いですか？」

「ああ、堀井男爵夫人だ。僕が子供の頃から、世話になってる方で……」

　平島は顔を手で覆ったまま、無力感を滲(にじ)ませつつ言葉を吐く。話しぶりからすると、湖月もまた、あの老貴婦人から猫探しを頼まれていたのかもしれない。世間が狭いのか、湖月の顔が広いのか。

「探していた。探偵として、夫人から猫探しの依頼を受けた」

「そうなのですね。あっ、さっきの言葉も猫に隠れてないで出てこい、って言ったのですか？」

　違う、と言うつもりだったが、言葉が出るより先に頷(うなず)いてしまった。今の平島に冷静な判断はできない。

「ではでは、この猫はお兄さんに預けましょう」

　そう言って、湖月は両手を伸ばして猫を託してくる。逃げやしないかと平島は不安だったが、このでっぷり太った猫は動くのも面倒なのか、抱えられるがままだ。

「ありがとう、助かった。本当に」

「いえいえ」

「君は、どうして猫の居場所がわかったのだ？」

　何気なく平島が尋ねる。少しでも、この年少浪曲師と話していたいと願ったからだ。

「わかった、というか、単純に居場所を知っていました。まず僕は、この猫の飼い主である堀井さんと知り合いだったのです」

「堀井夫人」

「いいえ、その旦那様。堀井三左衛門男爵です」

ほう、と平島。

堀井男爵こそ、平島が華族だった頃に最も世話になった相手である。彼は華族にしては特異な方で、一人で夜の街に繰り出して飲み歩くような人物だった。

「そうか、男爵は講談やら落語が好きだった。それに夜遊びもする人だ。まるで華族らしくない」

その評価を聞いて、湖月もクスクスと笑った。

「そのようで。男爵はいつも、自分のことをニセ華族だと仰っておりました」

「僕も何度か言われたな。とにかく、男爵は街中で君に会った」

「いかにも。以前、道端で芸を披露していたところ、気安く声をかけて頂きました。それ以来、なんとはなしに話すようになり、飼い猫の話なども聞きました」

それで、と湖月が話を続ける。

「男爵が言っていたのです。最近、飼い猫が屋敷を荒らして困る。入って欲しくない場所まで入るから、そこを塞ぐ工事をする。その間、猫を知り合いに預けるのだ、と」

むむ、と平島が反応する。

「つまり、ヨコヅナは護国寺に預けられていた？」

「そうです。このお寺の檀家総代が、ちょうど堀井男爵のお知り合いとのことで。ですので、僕も護国寺近辺で芸を披露したあとは、このようにヨコヅナ君の様子を見に来ていたのです」

なるほど、と平島にも合点がいく。堀井家の猫は縁のある護国寺に預けられていただけで、その情報を堀井夫人は知らなかったのだ。

しかし、これは仕方のないことでもある。

「堀井男爵は、そのことを伝える前に亡くなってしまったから」

平島の言葉を聞いて、湖月が寂しそうな表情を作った。

「残念なことです。世間では〝華族殺し〟などと騒がれて」

まさに〝華族殺し〟の話題であった。

これまで平島が執心していた理由も明確だ。猫探しの依頼をした堀井夫人、その夫である堀井男爵こそ、一ヶ月ほど前に何者かによって路上で殺されているのだ。それが〝華族殺し〟などと扱われて、世間を騒がしている。

忸怩（じくじ）たる思いだ。

堀井男爵は、平島にとって恩のある相手であった。だから、彼を殺した犯人を見つけたかった。そのために探偵にまでなった——とは言い過ぎだが、影響がなかったかといえば嘘になる。

「どうかされました？」

平島が苦い顔をしているのに気づいたのか、湖月が明るい声で話しかけてくる。

「ああ、いや」

「そういえば」

ふと湖月が一歩踏み込んで、平島の顔を覗き込む。

「お兄さん、夕方に万世橋にもいましたよね？　あれも探偵として調査してらしたんですか？」

グッ、と平島が言葉に詰まる。

全く無軌道に湖月を追ってきただけだが、正直に言って気味悪がられないだろうか。しかし、誤魔化すような言葉も思いつかない。だから言うしかない。

「僕は、ただ、君の芸に惚れて——あとを追ってきたんだ」

勇気のいる告白だった。一言一句、心を込めて伝えた言葉だ。だが、対する湖月はいたずらっぽく目を細めて笑う。

「まぁ、なんと」

「あ、ああ。僕は君の、ご贔屓さんだ」

探し猫の件で気が散っていたが、こうして湖月と二人きりで話せる機会に恵まれたのだ。だが逸る気持ちがあるからこそ、上手く言葉にならない。

だから、これで会話が終わったと湖月は思ったらしい。クルッと背を向け、羽織を翻して平島から離れていく。

「あ」

平島が虚しく手を伸ばした時、名残りとばかりに湖月が小さく振り向いた。

「ご贔屓さんのこと、最近はファンって言うらしいですよ？」

夜の静寂に月明かり。呆然と立ち尽くす平島に向けて、湖月が妖しく笑ってみせる。

「大事なファンなので、お名前を聞いても？」

「あ、ああ、僕の名は――平島元雪だ」

湖月に問われて、平島は身震いする。間違いがないよう、一音ずつ口から言葉を絞り出していく。

「では、またお会いしましょう。元雪さん」

その名を咀嚼するように、湖月の口が艶めかしく動く。

芸に惚れたか、人に惚れたか。平島は立ち去る湖月の小さな背を目で追うことしかできなかった。

にゃあ、と猫がふてぶてしく鳴いた。

第二話　ムカデ伯爵と消えたバスガール

1

これは夢だろう、と平島元雪は思った。

「さァさァ、今日もニセ華族のおじちゃんが遊んでやろう」

なにせ幼い頃の自分がいる。隣には、さらに幼い影子の姿がある。蠟燭だけが灯る夜の室内で、兄妹二人、息を呑んで前方を見つめている。

「さて、今宵の題目は――」

視線の先で、眼光鋭い壮年男性が釈台を打った。刈り込んだ短髪に、よく張った浅黒い肌は、どこか猛禽類を思わせる。

男性は講談師よろしく、着物をまとい、張り扇を片手に持っている。その身分を思えば、あまり行儀の良いものではなかろう。だから影子は眉をひそめるだろうが、平島にとっては憧れの相手だ。

「皆さんお待ちかね、佐渡金山の人足頭、越州無宿、百足の仁長だ」

「待ってました！」

幼い平島が無邪気に叫んだ。隣の影子は意味もわからず、礼儀だろうと判断して声だけを真似た。

（ああ、懐かしい夢だ）

　平島は夢の内容を観察できた。半覚醒の状態で、脳裏に浮かぶ映像と自室の天井が重なる。まさに夢と現の間だ。

（湖月、湖月だ。あの人と、あんな出会いがあったから夢に見るのだ。あの人に、どうして惹かれたのかも、よくわかった）

　夢の中では、男性が楽しげに話を披露している。素人芸ではあったが、幼い平島にとっては何よりの娯楽だった。

「やい、仁長親分よ。あの隠し間歩にァ、お上に隠れて掘らせた金塊が、アア、たんまりあるってンだろ？」

　語り口に寄せて、男性は片眉を吊り上げつつ、腕まくりで力んで見せる。彼は登場人物になりきり、その場に見たこともない風景を作り出す。

　これが芸事なのだと、平島は感動したのを覚えている。

（あの頃の僕は、きっと窮屈だったんだろうな。厳しい女中がいた気がする。することなすこと、どれも頭ごなしに否定された）

　だから、あの男性のように自由気ままに生きたいと望んだ。

（堀井男爵、あなたのように）

　外から観察する方の平島が、今も快活に笑う男性を見た。

およそ男爵の地位にある者には見えない。子供たち相手に講談ごっこを披露し、歯を見せて笑い、時に汚い言葉も使う。身分など、彼にとっては余分な荷物だった。

（ただ、あなたは自由すぎた。死に方まで前代未聞でしたよ）

パン、と釈台が叩かれた。

「オウ、木っ端役人風情が、偉そうなことを言うじゃねェか。なら、隠し間歩の証拠でも見せてみな、と、ここで仁長、諸肌脱いで背を見せる」

この時の光景を、平島はよく覚えている。堀井男爵が披露してくれた講談ごっこで、最も印象深かった場面だ。

「俺の背を這うムカデが二四、毘沙門様に誓って言ってやらァ。百足の仁長、仁義を欠くような生き方ァ、しちゃいねェってな」

ただの言葉のはずだ。平島は音として聞いただけだ。

それでも幼い平島の目には、背に百足の入れ墨を彫った大親分の姿がありありと想像できた。

（あんな風に、喋ってみたかったんだ）

平島が意識だけで呟いた瞬間、これまで釈台を叩いていた堀井男爵が、ドッ、と前方に倒れ込んだ。

「畜生が、よくもやってくれたな」

堀井男爵の首筋から血が溢れ出す。血は釈台を濡らし、幼い平島兄妹の膝下まで迫ってくる。ゴポゴポと血泡を吹きながら、男爵が恨みの言葉を吐いていく。

「俺を殺しやがって、絶対に犯人を見つけてやるからな」

堀井男爵は死んだ。これが〝華族殺し〟だ。

夢の出来事だが、平島にとっては現実だ。すぐにでも目覚め、探偵として犯人を見つけなければ。

焦りだけが溢れてくるが、だからといって体が起き上がることはない。平島の意識は再び暗い方へと落ちていく。

2

カカ、と快活な笑い声が八畳間に響いた。

「それは君、狐か狸に化かされたな」

平島M事務所——とは名ばかりの質素な部屋。その主(あるじ)といえば元華族の探偵にして日本一の口下手男たる平島だが、ここに彼を主人とも思わない不遜(ふそん)な客人があった。むろん依頼人ではない。

「錦(にしき)君よ」

そう呼びかけられた青年は鼻をほじり、むしった鼻毛を適当に吹き飛ばす。これこそ平島の妹たる影子と同様、冷やかしで事務所を訪ねる好例だ。

「僕は、そうは思わない。あれは現実だ。湖月という浪曲師が、間違いなくそこにいたのだ」

「ふぅん」

と、鼻を鳴らしながら茶をすする青年。彼の名は錦方太郎。

ひたすら縦に長い男で、頭も首も長ければ手足も長い。それらが寸足らずの開襟シャツから飛び出ている。おまけに髪すら肩まで伸ばしている。それで顔つきが明治の文豪じみた陰鬱さがある。路上で会えば避けて通られるような人物だが、話してみると意外と人懐こい。

方太郎青年は、平島と同じ桃源荘の住人であり、このナリで帝国大学医学部に通う医学生だ。実家は藩医の家系で、全くの貴族でもないが全くの平民でもない。それで年も二十六と平島に近いから、ご近所付き合いをする内に仲良くなった。

何より、彼には平島と普通に話せる貴重な才能がある。

「狐か狸など、それこそ世迷い言だよ」

「へぇへぇ、なら、元雪先生の言う通りだ」

方太郎の話しぶりは素っ気ないが、これで平島の言葉を一つずつ飲み込む度量がある。他の人間と話す時には、呑気かつ不遜なものと揶揄されるだろうが、平島相手ならば丁度よい。

「とはいえ、出来過ぎじゃあないかね」

方太郎が部屋の端を指し示す。それに応じるように、一匹の猫があくびを漏らしてから後ろ足で頭を掻く。でっぷりと太ったハチワレ猫だ。

これこそヨコヅナ。平島が探偵として初めて受けた依頼の成果だ。なお猫の探し主は所用があるらしく、数日ほど平島が預かることになっていた。

「猫探しの最中、たまたま出会った芸人が、たまたま猫の居場所を知ってました、なんてな、実に面妖な出来事じゃあないか」

ふむ、と平島は首をひねる。

そもそも部屋に遊びに来た方太郎に、平然と居座る猫の由来を語って聞かせた結果だ。やはり平島の言葉選びが下手だったのか、奇妙な出来事と思われてしまった。

もし普通に語れたとしても、結果は同じだっただろうが。

「なんといっても、だ。年若い浪曲師というのが奇妙だ。いや、浪花節の天才少年というのはいる。篠田実やら天中軒雲月なんて、十かそこらの頃から大人顔負けでやってる」

「なんだ、錦君は浪花節に詳しいのか」

「流行り物に関しちゃ、君よりかは敏感だぜ」

方太郎が腕を組んで息巻く。長い脚もあぐらを組んでいるものだから、まるでナナフシのように見える。

「でもな、そういった浪曲師は寄席にいるんだよ。落語や講談と一緒にな。ネタなんかも赤穂浪士やら水戸黄門、清水次郎長と決まってる。そういう路上で芸能を見せるのは、ちと時代遅れだぜ」

「いるにはいるんじゃないか？」

「いるにはいるが、そういうのは昔から路上でやってる人間だ。子供が路上に立つなんて、風紀よろしからず、だぞ」

なるほど、と平島も納得しつつ、畳に置かれた盆へ手を伸ばす。そこには山と積まれた甘食があるが、この半分ほどは既に方太郎の胃の中にある。

「そういえば、猫は護国寺の檀家総代に預けていたそうだ」

「あ？　そりゃ、もしかして高橋箒庵先生か？」

「なのか？」

げっ、と方太郎が顔をしかめる。

「そりゃ、俺が手習いでやってる茶の湯の先生だ」

「君が茶道を」

「うるせぇや。というか、そもそも箒庵先生を紹介してくれたのが堀井夫人だ。この下宿で会った時に声をかけられてな。だから、そういうことだな。箒庵先生が堀井男爵の知り合いだから、猫を預けてたんだな」

うむ、と平島が頷く。一方の方太郎は舌を出し、弱ったように頭を掻く。

「思い返すと、だ。護国寺で茶の稽古をしてた時、変な猫を見かけたことがあったな」

「お、待ちたまえよ。それじゃあ、君に聞いておけば猫探しの件は解決したのではないか？」

「そういうことになる」

へへぇ、と平島と方太郎が同時に笑った。

「ま、面妖なことはいくらでもあるか。世間は狭いな」

ふぁ、と長閑な空気にヨコヅナが鳴いた。猫が大口を開けるのを平島は見ていた。ふと視線を戻すと、今度は方太郎も大口を開けて、新たな甘食を頬張っていた。

「俺はてっきり、君が路上で出会った流しの芸人に惚れちまったんじゃないかと、そこが心配でね。あまりに熱っぽく話すもんだから、化かされたなんだと言っちまった」

「そんなにだったか？」

その問いかけに方太郎は眉を上げて笑うだけだった。

平島にとっては猫探しの顛末を語ったつもりだったが、どうやら湖月について話す姿が印象に残ったらしい。平島が何事かを熱心に語るということ自体、普段からは考えられない。ゆえに狐狸に化かされたのだ、と一笑に付された。本気でないにしろ、あり得ないこと、と方太郎から思われたのだ。

「いやはや、どうやら今日は、元雪大先生の口上も滑らかみたいだ」

「そんなにか？」

急に照れくさくなり、平島は先程と同じ言葉を繰り返した。

「まったくもって、だな。だが、君がそんな胡乱で怪しげなものを語るなら、こちらも一つ、面妖な話をしてやろうか？」

「待て、面妖な話でなかったと結論づいただろう」

「いいから、いいから。聞いていけ。探偵としての仕事になるかもしれんぞ」

探偵、と言われると平島も背筋が伸びた。

今まで部屋に転がり込んでは、影子が持ってきた差し入れを食らい尽くしてきた悪友が、ついに仕事につながる話をするという。

「これは俺の友人の話なんだが」

そう切り出した方太郎が、不意に長い手を振り上げた。

「友人の恋人が行方不明になったんだと。その女性はバスガールだったらしいが、なんでも、バスに乗ってる最中に消えたんだと」

パン、と講談師よろしく、方太郎は自らの膝を打った。

3

バスガールといえば、昨今登場した新たな職業婦人だ。

東京市街を走る乗り合いバスに同乗し、車掌の務めを果たすのが仕事で、なんと月給は四十円弱だという。銀行員の初任給が五十円だから、これは破格の高給といえる。なお平島の金銭感覚は壊滅的だから、方太郎からバスガールの給金を教えられたところで、

「ほう」

と、答えたのみだ。

「何が、ほう、だ。わかっているのか、元雪君。バスガールという職業は女性の可能性だぞ。乗り合いバスで乗客に笑顔を振りまきゃいいってもんでもない。機知と理知に富んだ女性がつける仕事だ」

今、平島と方太郎は事務所を出て、御茶ノ水(おちゃのみず)方面に向かって歩いている。緩やかな坂道を上りながらの会話だ。

時と言えば昼前で、高く昇った太陽が目に眩(まぶ)しい。こんな時分になって方太郎は大学へ行くというから、平島も途中まで同道することにした。

「しかもだ、バスガールには制服がある。古ぼけた和服なんかじゃないぞ。スカートに白い襟、帽子をかぶって腰から大きな集金カバンを下げてる。実に可愛らしい」

道中、方太郎はバスガールがいかに素晴らしいかを語っていた。しかし、そんな話を聞くために一緒に部屋を出たのではない、と平島は思った。

「そろそろ本題を話してくれ」

「本題？」

「消えたバスガールの話だ」

おお、と方太郎。さんざん自分で盛り上げておきながら、話が横道にそれた瞬間に忘れていたらしい。

「そうそう、消えたのだ。しかし、どう話したものか。噂話を聞いただけで、その事件に実際に出くわしたのは俺の知り合いでな。木下三雄という人物なんだが、俺の習ってる茶の湯の同門……、というか弟弟子だ」

平島は頷く。先にも聞いたが、方太郎は意外と真面目に茶道を習っているらしい。

「この木下氏には年下の恋人がいたのだ。あまり外には言いたくなかったらしいが、たまたま街中を二人で歩いているのに出くわしてな。最初は単に親戚かと思ったが、女性の方が恋人だと言ってきた」

「なるほど」

「お相手は新庄千草という女性で、彼女がバスガールをやっているという。大いに感動したね」

おおかた方太郎にしつこく絡まれたのだろう。どんな間柄か、名前は何だ、仕事は何をしているのか、などなど。平島は見も知らぬ木下氏に同情した。

「で、その女性が消えたのか？」

「ああ。二日前に稽古で木下氏と同席してな、そこで彼が暗い顔していたから理由を聞いたのだ。すると例の恋人が姿を消したという」

事件といえば間違いなく事件だが、どうにも方太郎がのんびりと話すものだから、平島も日常会話のつもりで聞いてしまっている。

「俺も又聞きだから状況はわからんのだが、その日、バスガールである新庄千草は突如としてバスの中から消えたらしい。木下氏も同乗してたらしく、いなくなる直前まで彼女と話していた。いや、バスガールと車内で逢瀬とは、憧れるな」

「感想はいいから、詳細」

「詳細と言ってもな、俺も知らんのだ。ただ話によれば、バスに乗っている最中、彼女は不意にひどく思い詰めた顔をしたんだと」

「なるほど」

「この新庄千草がバスに乗っているのは誰もが見ていた。当然、木下氏も、運転手も確認していた。それがだ、ある場所を過ぎたところで忽然と彼女は消え失せたのだ」

「なんだ、それは。まるで――」

神隠しじゃないか、と平島は呟いた。

「む、元雪君。今の口ぶり、凄いぞ。まるで探偵みたいだ」

「そうかな。もう一回言うか」

神隠しじゃないか、と平島は繰り返した。

へへへ、と方太郎と平島が笑う。ひとしきり笑ったあとに、不意に平島は自らの対応が間違っていると気づいた。

「待て、真剣になるべきだ」

と、平島が思いを口にする。

つい他人事のように思ってしまった。友人の友人の話、という胡乱な状況だが、話が本当ならば消えた人間はいるのだ。行方知れずならば事件であり、探偵として解決すべきではないか。

「少し、調査しようか」

「どうした君、本当に探偵みたいじゃないか」

「本当の探偵だよ」

平島にも心境の変化があった。

これまで名ばかりだった探偵稼業が、先日の一件以来、平島にとって本物に変わっていった。自分にも為せることがある、という思いだ。加えて、これで全く善意というわけでもない。

平島が指をあげる。

「報酬などはいらない。ただ事件を解決した時には、君から口添えしてもらいたい」

「口添えって、誰に何を？」

「我が妹、影子に伝えてほしい。君の兄上は立派な探偵だ、と」

ヵッ、と奇妙な音が方太郎の口から漏れた。

「か、影子さんにか？　俺から？」

方太郎は腕全体で頭を抱き、どうやら赤らめた頰を隠しているようだ。しかし、この辺りの感情の機微は平島には伝わらない。今の彼にあるのは「我ながら良い提案だった」という自負だけだ。

なんといっても平島の本懐は、世上で話題となっている〝華族殺し〟の犯人を見つけることだ。何より探偵として解決したい事件である。

しかし、そのためには華族界隈を調べる必要があり、となれば喧嘩した父親に目をつけられる。父親に認められない限り、平島が探偵として活躍することは叶わないだろう。

だから、まずは影子から父への執り成しが必要だ。

妹に探偵として認められるのが平島にとっての第一歩なのだ。

「頼んだぞ、方太郎君」

平島が友人の肩を強く叩いた。探偵のようだ、とおだてられたから、自然と自身がイメージする探偵のように振る舞った。

前を向けば御茶ノ水橋と駅舎があった。滔々と流れる神田川の湿気た臭いが漂ってくる。

「では、調査に行ってくる」

ドン、と平島の決意を示すように遠くで午砲が鳴った。

方太郎を置き去りにし、平島は駅舎に向かって駆け出す。もちろん数歩ほどで疲れて止めるのだが、この一瞬は探偵らしい動きをしたかったのだ。

さて、調査に行くと意気込んだ平島だが、果たしてどこへ行くものか。

4

その後、平島は御茶ノ水駅から万世橋駅へと到った。

明確な理由があったわけでもない。ただ、なんとなく、探偵として街を歩けば以前と同じように、再び湖月に会えるのではないか、というマジナイじみた考えが働いたからだ。

平島にとって、探偵としての自分は湖月との出会いから生じたものなのだ。だから、湖月と再会しさえすれば道が拓(ひら)けると思った。スラスラ喋(しゃべ)れるようになるし、奇妙な事件もたちまちに解決できると信じた。

これを単純に「恋心から会いたいのだ」と看破してはいけない。飽くまで探偵稼業に必要な縁起担ぎなのだ、と平島は自分に言い訳をしている。

そんな平島は今、猛烈に後悔している。

(何が調査に行く、だ。どこへ行けばいいのだ)

そう悩みながら、平島は乗り合いバスの座席で身を縮こませている。今もまた新たに乗り込んだ客のために体を細めた。

まず当然ながら、流しの芸人である湖月と出会うことはなかった。平島は万世橋から末広町(すえひろちょう)までさまよい歩き、そのまま上野(うえの)まで到ったところで、ようやく再会を諦(あきら)めた。

それはそれで僥倖だったのが、平島は上野駅前で乗り合いバスと遭遇した。見れば白襟にベレー帽の女性が、緑色の車体に足をかけて手を振っている。まさしくバスガールのいる会社のものだ。

これも天の導き、などと勢いづいて平島はバスへ乗った。

それが、かれこれ二時間も前のこと。乗り合いバスは上野から新橋へ向かい、また新橋で折り返して上野へ戻る。その間、平島は座席で大人しくしているだけで、ひたすらに移ろいゆく景色を眺めていた。

(聞き込みなど、できるわけがないだろう。この僕だぞ)

運転手はもとより、忙しそうに運賃を回収するバスガールにも声をかけられなかった。乗客に話しかけるのも無理で、せめて噂話の一つでも聞こえないかと耳をそばだてたが、エンジン音が大きすぎて何も聞こえなかった。

(まぁ、雰囲気を味わえば何かわかるものもあるだろう)

そう呑気に構えていると、平島の前に立つ人物がいた。

白襟の洋装にスカートとベレー帽。腰から下げたガマ口の大きな集金カバンが愛らしい。バスガールが運賃を集めに来たのだ。

「お客さん」

バスガールが声をかけてきたから、平島も彼女のことをまじまじと見た。髪は流行りの耳隠し、クリっとした瞳は愛らしく、手を腰に当てて覗き込むように睨んでくる。背は低いが意気旺盛で、どことなくリスを思わせる雰囲気がある。

「ずっと乗ってるけど、運賃はあるの？」

「あ、ああ」

どうやら平島が長く乗っていることを訝しんでの視線らしかった。ちなみに、この言葉の意味は「お金は大丈夫か？」ではなく「なんの目的でずっと居座っているのか？」だが、それを平島は理解できてない。急にバスガールから話しかけられて、落ち着いて考えられるはずもないからだ。

「ある。問題ない」

そこで平島は財布を取り出す。乗り合いバスは一区間で十銭だが、これまで乗ってきた分とこれより乗り続ける分だと思い、ちょっと一円銀貨を多めに手に取った。

しかし、これがいけなかった。

「お客さん、随分とお金持ちだね。もしかして華族サマ？　なんて、華族サマが乗り合いにいるはずないね」

バスガールの言うことはもっともだが、平島も元とはいえ華族だ。それを立ち居振る舞いから見抜かれたのだと思い、ヘラヘラと笑ってしまった。

「実は、半分ほどそうなのだ」

「へぇ」

ニコ、とバスガールは笑った。その直後、彼女の手が伸びて、平島の肩をグィっと押さえつけた。急な暴力に平島は目を白黒させる。

「お前が犯人だな！　ムカデ伯爵！」

「なんだ、ムカデ伯爵ってなんだ！」

「しらばっくれるな！」

ぐいい、と平島の上半身がバスの窓へ押し付けられる。このバスガール、どうやら武道の心得があるのか、平島は全く抜け出せないでいる。

やがて事態に気づいた他の乗客が何事かと立ち上がる。それに運転手も慌てたのかバスが左右に揺れる。揺れれば乗客も倒れる。倒れ込んだ数人がバスガールと平島に折り重なっていく。

「ち、千草を返せぇ！」

乗客たちに押しつぶされながらバスガールが声を出す。その一言に平島も思い至るものがある。

「そうか、君は新庄千草の知り合いか」

「だったらなんだ！　私も狙う気かぁ！」

ここでバスが停まった。車内の混乱を落ち着けんがため、運転手が機転を利かせたのだ。ただし、急停車はよろしくない。

「ぐえー」

さらに倒れ込んだ乗客たちに埋もれ、平島とバスガールがともに悲鳴を漏らした。

＊

てんやわんやの騒動の末、平島は新橋の操車場でバスから降りた。

より正しくは、がっちりと後ろ手を掴まれた上で、例のリスのように愛らしくも凶暴なバスガールに連行されたのだ。その状態で平島は、自分が探偵である旨と新庄千草について調べていた、と何とか口にすることができ、ようやく解放された。

「じゃあ、本当にムカデ伯爵じゃないの？」

停車したバスとバスの間で、バスガールが弱りはてた目で平島を見ていた。

「全く違う。なんだ、ムカデ伯爵というのは」

「そりゃあ、最近バスガールの間で有名になってる怪人だけど……。って、先に謝らないと！」

なんとも忙しないが、バスガールは礼儀正しく頭を下げてきた。体の節々が痛む平島だが、かといって文句をつけるほど狭量ではない。軽く手を振るだけで全てを赦した。

「私、高村あぐり。千草と同期のバスガールだよ」

あぐりと名乗ったバスガールは、先の無礼の申し訳無さからか、聞かれてもいないのに様々なことを語り始める。

「千草は真面目な子なんだけど、それが一週間くらい前から欠勤してて、家に行ってもいなくて、行方知れずになっちゃって」

ここで平島は革張りの手帳とシャープペンシルを取り出した。どちらも亡き堀井男爵から贈られたものだ。単なるアメリカ旅行の土産ではあるが。

「続けて」

と、探偵らしく平島はあぐりの言葉を手帳に書き留めていく。

「えっと、そしたら最近、バスガールの間でムカデ伯爵っていう変な人がいるって噂がたってて」

「どんな」

「ムカデ伯爵ってのは、全身にムカデが這ってる模様の服を着てる金持ちの男性らしくて、見目麗しい女性を見つけると言葉巧みに誘い出して、伯爵の館に連れ去るんだ。それで全身の血を抜いて殺すって」

「怖いな」

ようやく平島は自分が何に間違われたのかを知った。ようは金持ちで、ずっと乗り合いバスに乗っている姿を怪しまれたのだ。

ふと見れば、あぐりは丸い目に涙を溜めていた。

「千草、ムカデ伯爵に連れ去られたんだ。血を抜かれて殺されちゃったんだよ。あの子、綺麗だったからさぁ」

いよいよ泣き出したあぐりに対し、平島は背広のポケットからハンカチを取り出した。

紳士としての振る舞いだ。これぱかりは少年時代から実家で叩き込まれている。

「うわあ、お客さん優しい人だぁ」

平島が無言のままにハンカチを手渡せば、あぐりはそれで目元を拭い始める。

「ところで」

と、切り出したものの、平島は何を聞くべきか迷っている。全くの偶然からバスガールと話す機会を得たが、だからといって新庄千草が消えた事件の詳細をいかに尋ねればいいのか。

だが平島の心配も杞憂。あぐりは大きく頷いてから、

「そうだね、千草が消えた日のことを話すよ」

と言う。彼女は非常に勘が良かった。

「千草がいなくなったあと、私も私で馴染みの乗客の人たちに話を聞いたんだ。そしたら一週間前の月曜日に見た、って人がいて。その人によると、千草は普通にバスに乗ってて、でも日本橋を過ぎた辺りでいなくなった、って」

ふむ、と平島。ここで不意に思い出したものがあり「新庄千草は」と口に出した。

「ひどく思い詰めた顔をしていた、と話に聞いた」

「ああ、それは」

あぐりは何かを思い出すように斜め上を見た。

「これは運転手の人から聞いたんだけど、千草が車内で人と話してて、急に叫んだみた

いなんだ。そんなショウモンなんて、って」

ショウモン、と平島は繰り返した。音だけでは意味が取れない。証文か声聞か。日常会話で使うなら証文だろうが、やけに古臭い単語だ。

「千草が話してたのは、着物を着たおじいさんだったって。その人に何か言われてから、千草の様子がおかしかった、っていうのは他の人からも聞いた」

なるほど、と平島が頷く。

未だに状況はハッキリとしないが、話を整理すれば新庄千草は老人と何事かを話した末に、疑念か後悔か、何事か心を苛む気持ちに襲われ、その直後に姿を消したことになる。

（たとえば、新庄千草は以前に後ろめたい仕事などをしていて、当時を知る人物と出会ってしまった。それが今の仕事場に迷惑になると思い詰め、行方をくらました）

平島が推理を働かせる一方、あぐりはいなくなった新庄千草のことを思っているようだった。

「可哀想な千草。あの子、虫が大嫌いなのさ。そんな子が、ムカデ伯爵とかいうヤツに連れ去られるなんて」

あぐりはムカデ伯爵なる人物のことを考えているようだが、実のところ、平島はそんな怪人物の存在を信じていない。それは単なる噂話であり、新庄千草は理由があって自らの意思で行方をくらませた、というのが現状の推理である。

それならば探す手立てもあるだろう。そう考えた平島は、

「新庄千草とは、どんな人物なのだ」

と尋ねた。するとだ。

「千草は本当に良い子なんだよ。私より五歳くらい年上だけど、同じ年に上京してきたんだ。あの子が新潟、私は茨城。二人して東京は怖いね、なんて話もしてたよ」

などと、あぐりは新庄千草の人となりを話し始めた。平島としては、捜索するために具体的な容姿のことを知りたかったのだが、これはこれで、と話を聞くことにした。

「ああ、でも、そうか。私は貧乏な農家の出だけどさ、千草は結構な家の出らしくてね。お嬢様なのさ。でも家族と折り合いが悪くて、家財なんか持ち出して家出して、一人で東京に来たんだと。こいつは千草が普段から言いふらしてた武勇伝さ」

思い出を語るうちに、あぐりも落ち着いてきたのか、表情に笑顔が戻ってきた。笑えば愛嬌（あいきょう）のある女性だった。

「仲が良かったんだな」

平島も話を聞くうちに、あぐりに同情していた。

この事件は行方知れずなどではないかもしれない。新庄千草は仕事から逃げ出しただけだ。彼女は東京を離れ、故郷へ帰っただけなのだ。駅あたりで目撃されていれば、この推理が正しいことになる。

そう、目撃情報だ、と平島は思った。

「新庄千草の容姿は？」

「え、容姿？」

「聞き込みをする」

ようやく大事なことを思い出した。もし駅で聞き込みをするにも、どのような人物か知っておく必要がある。平島は探偵として冴え始めていた。

「そうだよね、えっと、背丈は私より少し高いくらいで、体は細身かな。髪はかなり長いよ。顔は可愛いとしか言いようがないけど、あと、そうだな――」

あぐりはトントンと自身の頭を叩いた。

「白金製の洋簪をつけてるよ。チョウチョの意匠のヤツ。八十円もしたっていう、千草の宝物、結構目立つから、それを見ればわかるかも」

貴重な情報だ、と平島が頷いた。

探偵として順調に動けている気がする。やはり湖月と出会ってから、探偵としての才能が開花したのだ、と平島は信じた。

「まずは新庄千草が消えた場所に行く。日本橋だったな」

これは行動の宣言だ。会話でないと思えば、平島も理想的な探偵の話しぶりを真似することができる。

平島は手をあげ、あぐりに背を向けて歩き出す。

「あ、探偵さん！」

背後からの声に平島が足を止める。

「お名前、聞かせてください」

「平島だ。平島元雪。駿河台に探偵事務所がある」

決まった、とばかりの平島。あぐりに背を向けたままで良かった。感極まって泣くところだった。

「平島さん！　何かわかったら教えてね！」

ふと振り返れば、あぐりは平島が渡したハンカチを振っていた。今さら戻って「返してくれ」と言うのは野暮にすぎる。

平島は精一杯の渋い笑みをこぼし、昼下がりの街を行く。

5

日本橋といえば言わずとしれた繁華街、帝都随一の大々道。

街の名にもある橋は五畿七道の起点。徳川家康の手になる江戸大普請において、日本中の職人が集って架けたことから名を日本橋。今は数えて十九代目、石造り二連のアーチ橋となっている。

石橋の上を路面電車がガラガラと走る。二つの車両が上りと下りで折り重なる。それでも橋が揺れることもない。力車が駆け、自転車と自動車が走り、往来を人々が歩く。

活気ある声と靴音、車輪の音が入り交じる。

夕映えに日本橋川がきらめき、橋桁の下から船がニュッと顔を出す。船頭が川に棹を差し、日本橋の東側にある魚河岸を目指す。

この橋の上で、平島は人々の流れを見つめている。

（いつ来ても人が多い）

何気なく平島が横を見上げれば、橋の欄干に青銅の照明灯。そこに翼を持った麒麟が二匹、それぞれ背を向けて座っている。これは彫刻家渡辺長男の作で、万世橋駅にあった広瀬中佐像と同じ作者だ。

（これは麒麟だというが、まるで龍だな。いや、麒麟も龍の仲間だから正しいのだろうか）

などと、平島はとりとめもない思考を繰り返す。

行きはよいよい帰りは怖いというが、それ以前の問題で、いざ行くまでは意気揚々、行った先から意気消沈、というのが平島の常だ。

（とはいえ、調査は進んだぞ）

道を行く人々に何かを聞いたわけではない。それでも日本橋を歩いて観察するうちにわかったこともある。

まず例のバスガールがいる乗り合いバスが道を通っているが、日本橋一帯は混雑していることから、極端に速度を落として運転している。これならば乗客でもバスガールでも、乗車中にドアを開けて、そのまま外へ降りることもできるだろう。

次に新庄千草が消えた時刻はわからないものの、仮に今と近い夕刻ならば、人の流れも多いから即座に人混みにまぎれてしまうだろう、ということ。

(奇怪なムカデ伯爵なるものは措くとして、新庄千草が自分の意思で逃げ出すなら恰好の場所だな)

平島は推理しつつ、日本橋の北、室町方面へと歩き出す。

左方には赤レンガの眩しい帝麻ビルがあり、その奥には白壁の城とも言うべき三越百貨店がある。平島が歩く右の歩道側は昔ながらの商家が並び、江戸の情緒を今に残している。

(このあとはどうするべきか。もう帰ろうかな)

さてしかし、ここで転機が訪れる。犬も歩けば棒に当たるのだ。人が歩けば、何かしら起こる。良くも悪くも。

平島が何気なく視線をやった先、乾物屋らしい建物の下に、やけに人々が集まっていた。道を行く人々が不意に足を止め、その集団の輪が広がっていく。

まさか、と平島は思った。

万世橋での出会いの再現だ。時刻もまさに夕方。何気なく銅像を眺め、探偵稼業の難しさに嘆息しているのも同じ。ならば、間違いはないだろう。

平島は少し駆け足となり、歩道に集まる人々の外周に加わった。

「なんだ」

「子供だ」

「どこの家の子だ」

しかし、どうにも人々の言葉が引っかかる。小気味よい錫杖(しゃくじょう)の音も、あの透き通るような声音も聞こえてこない。

「失礼、失礼」

平島が人々を掻(か)き分けて前へ行く。やがて最前に出たところで、

「ああ」

と、嬉(うれ)しいような、憐(あわ)れむような声を出した。

「なにを、してるんだろう」

そこには湖月がいた。

平島が会いたいと望んだ、年少浪曲師たる真鶸亭湖月である。ただし如何(いか)なる理由なのか、いつもの着物姿のまま、地面に羽織を広げ、湖月は乾物屋の軒先で仰向(あおむ)けに倒れている。

「あ」

と、ここで湖月が口を開いた。明らかに平島のことを見ていた。

「お兄さん、元雪さんだ」

「いかにも」

にへら、と湖月が力なく笑った。

「お腹が空きました。何か奢ってくださいな」

なんだ行き倒れか、とばかりに周囲の人々が散っていく。あとには難しい顔をした平島と、倒れたまま太平楽の笑顔を浮かべる湖月だけが残った。

＊

日本橋といえば、で繰り返し。

この大繁華街は今般流行りの諸々、その全てが集うが、こと千疋屋の果物食堂ほど若人に人気の場所はない。三階建ての洋館では新鮮な果物が売られているほか、食堂にてショートケーキにアイスクリームといった甘味が食べられる。

「おいしい！」

あるいは今、湖月が目を輝かせ、頰も落ちるとばかりに喜んだフルーツサンドも名物の一つだ。

「おいしい、おいしい！」

子供のようにはしゃぐ湖月を、テーブルの向かいから平島が眺めている。昼に食べた甘食が未だ胃に残っていたから、彼はソーダ水を一杯頼んだだけだ。

（こうして出会えたが、いざ対面すると何を話せばいいか）

パクパクとサンドイッチを食べる湖月には、以前に見た妖しげな雰囲気は一切ない。年相応の——果たして何歳かもわからないが——子供らしい食べっぷりだ。

「はて、元雪さん」

ここで頬にクリームをつけたまま、湖月がキョトンと平島を見つめてくる。

「どうして僕が行き倒れていたか、何もお聞きにならないのですね。それで、こんな高価な食事まで奢っていただけるとは」

「いや」

と、平島。聞きたいかどうかで言えば、何よりも聞きたい痴態ぶりだったが、どう話せば良いのかわからなかったのだ。ただ、これも見方を変えれば、些事にこだわらぬ度量の大きさと受け取られる。

今回は、それが功を奏したようだ。

「元雪さんは、とてもお優しい。ですが言わぬのも非礼。恥ずかしながら、この真鶸亭湖月、数日ほど稼ぎがとんと無く、いわゆるおまんまの食い上げ、というヤツでありまして」

などと湖月は頬を赤らめて言う。ヨヨ、と女形が泣くような仕草もつける。ついでに頬のクリームをチロと出した舌で舐め取る。

（そういえば、前に会った時も警官に追われて投げ銭をもらいそびれていたな。これも取り締まりの厳しさか）

平島はソーダ水をすすってから、息を整えて湖月の顔を見た。

「僕は、君のファンだ。これも当然のことだ」

「なんとなんと、元雪さんのような方と出会えたのは天佑。なんなりとお礼いたしますので、これよりも、どうかどうか」

手を合わせて拝み倒しつつ、湖月は前髪を揺らして、チラと平島を覗き見ている。

「も、もちろん」

芸人らしい、といえばそうなのだが、やはり今の湖月は浮かれ調子だ。こうまで入れ込まれると平島にとっても意外に過ぎる。

「はてさて、お礼をしたいと思いつつ、僕にできることと言えば話し、語ることだけですので、どうしたものか」

あむ、と湖月が次の一口でフルーツサンドを平らげた。

「そうです。ではでは此度のお礼に、平島さんに何でも答えて進ぜましょう。疑問珍問、気になる事柄、明日の相場に天気まで。虚も実も織り交ぜながら、楽しく愉快に語りますとも」

そう言って湖月は自信満々に胸を張ってみせる。だが何かに思い至ったのか「アッ」と情けない声を出し、両手を胸の前で振る。

「いけません、いけません。何でも語るとは言ったものの、本名に家族、出身地などは秘密です」

「聞こうとは思ってなかった」

「そうですか。でも、もしも戸籍に入れてくれれば教えますよ？」

声色を変え、甘えるような視線をよこす湖月。こうした手合いには、そろそろ平島も慣れてきた。

（なるほど、遊ばれている）

平島の中に、妹と接するのと似た気持ちが芽生えてきた。ある意味で心を開いた瞬間であった。

「今言ったもの以外なら、なんでもいいのかい？」

よって平島に心の余裕が生まれた。最初は話すのも緊張する相手だったが、だんだんと友人と話す時のような心地よさを感じる。

「もっちろん！　なんでもお話し致しましょう！」

「では、三つほど、聞きたいことがある」

「おや、三つでよろしいので？」

うん、と平島が頷く。そのまま人差し指を上げて、第一の質問を示した。

「まず、君の芸はなんだ？」

「はて、なんだとは」

湖月は首をひねったが、すぐさま表情を変えて手を打った。

「おっと、聞き返すのは失礼でしたね。問われたものは当意即妙に答えるのが我が芸そのもの。つまり、これは〝語り〟の芸です」

「浪花節ではないのか？」

「どうでしょう。一部ではそうですが、一部ではそうではないのです。僕のお師匠は浪曲師ではなく、流しの祭文太夫でした。祭文太夫とは歌祭文を披露する芸人です。そして歌祭文というのは、古くは説経節、つまり説話や伝説なんかに節をつけて歌った芸能です。これは浪曲に取り入れられたので、祖先の同じ分家のようなものです」

そう聞けば平島にも納得するものがある。ようは琵琶法師の平曲やら、謡曲や義太夫節といったものの一族だ。

「特に師匠のものはデロレン祭文といって、口でホラ貝を吹く音を真似て調子を取るのです。ただ、僕はこれが大の苦手なので」

ほう、と平島。これは今まで知らなかった知識だ。

「聞かせてくれないか」

「ええ……」

それまで滑らかだった湖月の口が、ツン、と閉ざされた。

「笑いません？」

「笑わない」

平島が頷けば、湖月も恥ずかしそうに顔をそむける。それでも意を汲んでくれたか、ややあってから口をとがらせて、

「れーん、れん、れろれん、れろ、れんれん」

　と、小鳥のさえずりのような声があった。

「それがホラ貝なのか？」

「ああ、ほらぁ！」

　湖月は困ったように手を振る。羽織の袖が翻り、平島の方に風が送られてくる。

「師匠方は、これをダミ声でやるのです。ただ僕がやると、どうしても声が高くなるので、まったくホラ貝に聞こえない。なので僕の芸は錫杖一本。大ボラ吹かず、口三味線もなし、僕の〝語り〟には嘘偽りなし、ですよ？」

　恥ずかしさをごまかすように、湖月は得意の語りで話にオチをつけた。平島も納得の表情で頷き、疑問に答えてもらったことへの感謝を表現する。

「さて、では元雪さんの疑問の二つ目はなんでしょう」

「少し、変な話なのだが」

　と、平島が人差し指に加えて中指も立てる。

「お構いなく、なんなりと！」

　平島は話の流れで、かつて堀井男爵が披露した講談ごっこの内容を思い出した。あの話にもムカデが出ていたな、という具合いだ。

「佐渡の大親分、百足の仁長という物語を知っているだろうか？」

「はて、僕も全ての浪曲や講談を知っているわけではないですが、初めて聞く題ですね」

ではやはり、あれは堀井男爵が創作した物語だったのか、と平島は一人で納得する。対する湖月は興味が湧いたのか、身を乗り出して、

「どんな話なんです？」

と、目を輝かせて聞いてくる。

「上手く、話せるかは自信がないが」

湖月の頼みを断れるはずもなく、平島は幼い頃の記憶を頼りに『百足の仁長』なる講談の中身を伝えていく。

「佐渡金山で働く水替人足、その人足頭が百足の仁長。背にはムカデの入れ墨がある」

「ほう、ムカデと言えば鉱山の守り神ですから、なんとも縁起の良いことで」

そうなのか、と平島。子供の頃は不気味に思えた入れ墨の絵柄だが、そう聞くと途端に見栄えするように思う。

「それで、仁長は隠し間歩……、いわゆる隠し坑道を持っていた。大量の金を掘り、自分のものとして隠していた。それが奉行所の役人に見つかり、取り上げられそうになる」

「ほうほう、それで」

「仁長は役人を騙し、見事に金塊を持ち逃げし、佐渡から出ることができた。その後、身分を偽って大店の商人となり、裕福に暮らした、という筋書きだった」

ほう、と湖月は満足そうに息を吐く。

「これは良き話を聞きました。やはり知らない物語を聞くと、なんとも胸が躍りますね」

上手く話せるか緊張した平島だったが、いざ話してみると、当時を思い出してスラスラと言葉が出てきた。

「では では、聞きたいことの三つ目はなんでしょう?」

湖月から促されたが、かえって平島には迷いが生じた。

(聞きたいことは、決まっていたが)

言わずもがな、例の消えたバスガールについて湖月に尋ねてみたい、そんな気持ちが平島にはあった。おそらく湖月に聞けば、得意の〝語り〟で何かしら答えを出してくれそうな気がする。

「元雪さん?」

しかし、探偵として自力で解決すべきかどうか、その迷いが平島の指に現れる。三本目として薬指を立てようとするが、どうにも手の筋が強張(こわば)ってしまう。

「むぅ、ん」

「大丈夫ですって」

ふと湖月がテーブルに手をついて身を乗り出す。湖月の細く白い指が平島の薬指に絡んだ。ひんやりとした感触に平島の背が伸びる。

「どうぞ、なんなりと」

この悪戯(いたずら)じみた所作に、平島の信念はあえなく折れた。何より、湖月の〝語り〟を聞きたかった。

「ムカデ伯爵と消えたバスガール、という話がある」

平島の一言を受けて、湖月は妖しく笑った。

6

かくて夕暮れ、平島と湖月は千疋屋を出て日本橋を歩いていた。

それというのも、

「良いお題を頂きました。なればこそ、相応しい場所にて〝語り〟ましょう」

という湖月からの誘いがあったためだ。

道中、平島はこれまで方太郎やあぐりから聞いた、新庄千草についての情報を全て湖月に伝えた。自ら考えて話すのではなく、自身が聞いた内容を正確に伝えるというのは、平島にとっては気楽な作業だった。

「なんと、なるほど。それは確かに奇妙な事件」

興味深げな湖月の反応があったが、日本橋の街を歩くうちに、次第に雑談も入り混じっていく。

「時に元雪さん、僕の〝語り〟には必要なものが三つあるのですが、おわかりですか？」

「なんだろう。三題噺のような、アレだろうか」

「正解は〝伝承〟と〝土地〟と〝人間〟です」

笑う湖月、頷く平島。確かに、以前に護国寺で聞いた話でも〝猫の伝説〟と〝佐渡〟と〝恋人〟という三つの要素があった。

「なので僕は、土地の歴史を知るのが好きなのです。たとえば、ここ日本橋はお金と縁が深いというような」

「ああ、それは、そうか」

人混みの中、二人は並んで歩く。この時間になっても通りを市電が走り、着物や洋装の男女が多く行き交う。

「なんといっても日本橋は銀座と並ぶ、金座の街。江戸幕府が天領から集めた金を運び込み、大判小判へと替えていったのです。この通りの向こうなんて、金吹町やら本両替町なんて名前ですし」

何気なく平島は夕日の落ちる西方を眺めた。遠くに黒い影を作る西洋建築物は日本銀行で、その手前には三井財閥の本館がある。この平島の視線を追って、湖月も同じ建物を見た。

「そう、日本橋といえば江戸の大商人たる三井家の庭。三井の越後屋で呉服を売れば、かたや両替で財を成す。御一新の折、この両替の業を国へ売り込んだるは三井の大番頭、三野村利左衛門。かくして本邦初の民間銀行たる三井銀行の発足と相成るのでした」

スラスラと三井の歴史を語る湖月。そういえば、と平島も思い出したのは、幾度か話に出た堀井男爵のこと。彼の人もまた、三井と縁深い人間だった。彼と親交のあった茶人の高橋箒庵翁なども、三井呉服店や三井鉱山の重役を歴任したと聞く。

そんな平島の考えを見抜いてか、前を行く湖月が行く先を手で示した。

「さて、両替商の三井は銀行になる一方、呉服屋は事業を分けて今も続いております。あれこそ今世の三井越後屋、つまり三越です」

その建物は夕日を受けて、白壁を赤く染めている。

スエズ以東に比類なしの大百貨店、とは喧伝文句。地上五階のルネサンス建築、巨大なアーチ構造の入り口には二体のライオン像が安置され、店内へ吸い込まれる人々を見守っている。

あれぞ三越、日本橋のシンボルである。

「では、参りましょう」

「む、三越に行くのか？」

平島の問いかけに湖月は笑みで答える。そのまま夕闇の人混みに湖月の姿が消えていく。平島はそれを追った。

「僕の芸は大道芸ですので、千疋屋のテーブル越しに〝語る〟というのはどうにも。店の方にもご迷惑」

三越の入り口は人々でごった返している。湖月は慣れた様子で、草履を脱ぎ、近くの下足番に手渡す。平島もいくらか無作法に靴を脱ぎ捨て、その小さな背を追いかける。

「とはいえ、此度の〝語り〟は新庄千草という見知らぬ女性のお話。日本橋の大通りで、声を張り上げて名前を呼ぶのも失礼極まる。ですので、元雪さんにだけ特別に見せたい」

「だからといって、三越とは」

入り口の混雑を抜け、百貨店へと入れば、ルネッサンス調の中央ホールが広がっている。左右に分かれた回廊は買い物客で溢れ、雑多な話し声に、スリッパの擦り音が混じる。

キョロキョロと左右を見渡していた平島。その袖がグィと引かれた。

「元雪さん、ほら、見てください。綺麗な羽織ですねぇ」

湖月が呉服売り場を指差す。その先には、衣紋掛けに広げられた羽織がある。こてん、と湖月は首を傾げて、平島の方を見上げた。物欲しげな視線に平島の理性も揺らぐ。

「買ってあげよう」

「わっ、冗談ですって！」

思わず財布を取り出した平島の腕を、湖月が慌てたように摑んで押さえる。その後、どこか困ったように笑った。

「元雪さんって、意外とお金にこだわらない人なんですね」

「ファンだからな。君のためなら、なんでもしたくなるだけだ」

自然と出た言葉だったが、湖月の方は恥じらうように顔をそむけた。そのまま、タッと駆けてエスカレーターへと乗り込んだ。

「元雪さん、いつか悪い人に騙されますよ」

「気をつけるよ」

ゆったりと上へ昇っていく湖月。平島も頭を掻（か）きつつ、エスカレーターに足をかけた。

＊

さて、この三越には屋上庭園がある。

木々の植え込みに洋式噴水、白い塔には旗がなびく。また庭園の端には、三井家が信仰した三囲稲荷（みめぐりいなり）の小社がある。買い物を終えた人々や、無銭で風景だけを楽しみに来た人々がいる。彼らは夕涼みに憩い、まさに沈まんとする太陽を眺めている。

「この辺りで良いでしょう。時刻もいい具合いだ」

人の流れが途切れた植え込みの間、湖月は足を止め、懐から錫杖（しゃくじょう）を取り出した。

（なるほど、あの芸は屋外でやるのがいいが、かといって今回は人が集まらない方が良いのか）

改めて平島が周囲を見渡す。ちょうど夕闇と宵が混じり合う時刻、東の空は濃紺に星が浮かび、西に行くに従って薄青と淡紫の色がにじみ、遠く果てには残照が輝いている。

「この時刻が良いのです。小屋掛けの落語でも講談でもなく、外でやるから良いのです。宵待ちの僅（わず）かな時に〝語る〟のが、我が芸なれば」

シャン、キン、と錫杖が鳴る。

「さて、では今一度ばかり、お話を整理いたしましょう。元雪さんより寄せられた、今宵のお題だ」

まずは、と湖月が唇を開く。

「始まりは元雪さんがご友人から聞いた噂話。木下某なる方には恋人、新庄千草がいたそうな。この御婦人、昨今流行りのバスガール。木下氏と共にバスに乗っていたところ、不意に血相を変え、深刻な顔をして姿を消したという」

「いかにも」

「次いで話を聞きたるは乗り合いバスのバスガール。彼女が恐れるのはムカデ伯爵なる怪人物。これは美しい女性をさらっては、その血を抜いて殺すという」

さらに、と湖月は錫杖で調子を取る。

「新庄嬢はバスの車内で老人と話しており、そこで〝そんなショウモンなんて〟と叫んだという。直後、彼女はバスの車内から消え失せた。なんと奇妙奇天烈な事件でしょうか」

湖月が刻む拍に合わせて、周囲の闇が深まっていく。先程までの稚気あふれる姿はすでにない。逆光が湖月の表情を隠し、透綾の羽織と藍鼠の袴がぼやける。人間と異世界の境界が幽玄に溶けていく。

「この事件、元雪さんは既に推理しておられるのでは？　どうぞ、それもお話し頂ければ、これよりの〝語り〟にも活かせましょう。どうぞお話し頂ければこれ幸い」

シャン、キン、と錫杖で拍が取られる。平島もこの音に慣れたか、ごく自然と口を開くことができた。

「そうだな。僕はこれを奇妙な事件とは思っていない」

「というと？」

「新庄千草は仕事から逃げ出しただけなのだ。口さがなく言うつもりはないが、推理としてはそうなる」

平島も平島で考えてきたものがある。

まず新庄千草は実家を家出して東京に来たという。そして彼女が叫んだショウモンとは証文、つまり業務契約書の類だ。たとえば、遊郭の娼妓などは年季証文で縛られている。

（すなわち彼女が女郎だった、などとは言わないが）

いずれにせよ、新庄千草は地元で何かしらの仕事に勤めていたが、その役目を果たさずに逃げ出した。それが東京で自身の過去を知る老人と偶然に出会い、証文があるから帰れ、などと言われた。連れ戻されれば恋仲の木下氏と離れ離れとなる。これを恐れた新庄千草は、咄嗟にバスを降りて姿を隠したのだ。

といった内容のことを、平島はとつとつと語った。

「なるほど、まこと理のある大推理。それも答えと思いますれど、ここはあえて、こちらも芸にて語ってみましょうか」

湖月は薄く笑った。

「ところで新庄嬢のご実家は大層な家と、お話にはありました。これを知って思い出すこともございます」

キン、と、区切りのように音が響く。

「新庄家といえば、元を辿れば近江国坂田郡は新庄の地から起こった家。武門の名家の誉れも高く、室町将軍家にも仕えし一族。この新庄氏、同じ近江は三上山に伝説を残した英雄、藤原秀郷、つまりは俵藤太の末裔であるという。さて俵藤太といえば、その武勇も比類なし」

以前に平島が護国寺で見たものと同じだ。例のごとく、唇だけが別の生き物のように動いていく。年齢など関係なく、芸事に身を賭した者の凄艶さがある。

「時にデロレン祭文の兄弟は、これは滋賀にて生まれた江州音頭。もちろん俵藤太の歌もありますので。ええ、皆さま、頼みます」

ここから湖月の声に節が入ってくる。

「湖国は近江に瀬田の唐橋、どんと構えた大蛇が一匹、これを跨ぎ越す俵藤太。大蛇はその武勇に頼み込む。さても仇なる大ムカデ、三上の山に七巻半。頼みを受けた俵藤太、矢じりに唾つけ一矢を放つ。倒れ伏したる大ムカデ。俵藤太のムカデ退治、これも因縁の始まりなれば」

この日、この夕、一番かぎり。平島の問いに答えるべく、真鶸亭湖月の〝語り〟が始まる。

「今宵語ります標目は、題して〃ムカデ伯爵と消えたバスガール〃」

シャン、と錫杖が鳴らされた。

7

新潟に古くより続く名家あり。

新庄家といえば、遠祖を藤原秀郷とする武門の家だ。しかし時代は明治を経て、もはや武士の立場もなくなった。残されたのは誇りと、一つの言い伝えのみ。

「我が新庄家は遠祖より続く因縁があるのだ」

厳格な父親はそう言って、娘の千草に何度も教えてきた。

「決して東京には行ってはならん。祟りを受けることになる」

「祟りとはなんです？」

「一族の祖たる藤原秀郷公、その偉業はまさしく武門の誉れなれど、あまりに武勇が過ぎた。秀郷公が討ち果たした者たちが、子孫累代に祟りをなさんとしておるのだ」

祟りを恐れる父親を見る娘。祟りなどあるものか、と訝しげ。

しかし、ある時分、娘の千草が実家の庭で遊んでいると、草むらより現れたムカデに嚙まれたことがあった。その痛みに泣き叫べば、家の女中が現れて言う。

「ああ、なんと、これこそ大ムカデの祟りではないですか」

「大ムカデとはなんです？」

「俵藤太、つまり藤原秀郷公が退治したる化け物です。おお、なんと恐ろしい。この家は大ムカデに祟られているのです」

そう脅かされれば、幼い千草も恐怖を抱く。この日より、彼女は大の虫嫌いとなったという。

しかし、喉元すぎればなんとやら、年長じて千草は祟りのことなど忘れ、上京の夢を抱くようになる。なに不自由ない暮らしゆえに、かえって東京での華やかな暮らしを夢見たのだ。

「お父様、東京へ行こうと思うのですが」

「ならん。忘れたのか、我が一族は東京に行ってはいけないのだ。祟りを受けるぞ」

「まぁ、なんと前時代的なのでしょう！　祟りなど、あろうはずもありません」

娘の言葉に父親も怒り心頭、祟りをないがしろにすることは、すなわち家祖の偉業をないがしろにするに等しい。そう言い含めようとも、千草は一歩も引かず、父娘で言い争いが尽きることもなく。

「なにが旧家、なにが武門、道理知らずの頑迷固陋。こんな家、出ていってくれます」

そう決意した千草、その日の晩には家財一式を引っさらい、風呂敷包みを背に家を出た。次の朝ともなれば、汽車に乗り込み数時間、いよいよ新潟を離れて東京へと到った。

「これより私の新たな生活が始まるのです」

　さて、東京で暮らすには何よりも銭金が入用。

　ふと見ればバスガールの募集があるというので、千草はこれに応募し、見事に仕事を手に入れた。女性が一人でも生きていけるとは、やはり東京は素晴らしい土地ではないか。

　何を恐れることやある。東京で暮らしていても祟りなどない。千草の生活は順風満帆。

　しかしまた、これも因縁、千草に迫る影がある。

「ムカデ伯爵とはなんです？」

「ああ、千草は知らないか。その人に会ったら気をつけなければいけないよ」

　ある日、同僚のバスガールが千草に不穏な噂話を聞かせてくる。

「その人は全身にムカデの刺繍（ししゅう）を入れた服を着ていて、若い女性をさらっては、全身の血を抜いて殺してしまうそうな」

　そんな怪人物などいようはずもない。そう千草は思うものの、ムカデという一点が気にかかる。

　以来、千草はバスガールの仕事をするうちにも、もしムカデ伯爵がこの中にいたら、と、次第次第に不安が膨れ上がる。乗客を見れば、すわムカデ伯爵か、いやただの洋装の紳士か、などと気もそぞろ。

　じわりじわりと恐怖が大きくなる千草。ある日、仕事終わりに上野の路地を歩く。すると、ヒタヒタと後ろを歩く者がいるではないか。ススと歩けば、ヒタリ、ヒタリ。足を止めれば音も止まる。不安になって駆け足になる千草。暗い路地を行く。ヒタヒタ、ヒタヒタ。背後の者が追いかけてくる。

「ああ、なんで追ってくる」

ついに耐えきれなくなった千草が振り返る。すると、

「きゃあ！」

女性の悲鳴がこだまする。

そこに男がいる。白い背広に金の刺繍、不気味に蠢(うごめ)くムカデの姿。総身を這(は)う千本の足。革靴が風を切る、ヒタヒタ、紳士が近づく。

ああ、ムカデ伯爵の到来だ。愚かな娘を祟るために、怪人物がやってきたのだ。東京なぞ来なければ良かった。千草は後悔し、自らの血が抜かれるのを脳裏に描く。

「お待ちを」

ふと紳士が爽(さわ)やかな声を出す。

「不躾(ぶしつけ)に追いかけたこと、つとに謝る。しかし、私は貴女(あなた)の美しさに一目惚(ひとめぼ)れしたのだ。ゆえに乗り合いバスに何度も乗っていた」

さてもムカデ伯爵、恐怖より生じた幻に過ぎず、これは単にムカデ柄の服を着た紳士だ。千草目当てでバスに乗り込み、この姿を何度も目撃された末に広まった噂話だったのだ。

驚き呆れた千草、やはり祟りなどなかったと安堵の息を吐く。

「僕の名前は木下と言います」

「私は新庄千草です」

これも出会いか、千草は木下と名乗ったムカデ伯爵と恋仲となる。それより幾日も過ごし、ようやく祟りの恐怖も薄れてきた頃だ。

その日も千草はバスガールとして働いていた。恋人たる木下も同乗し、離れた席から見守ってくれている。東京に来て良かった、これで結婚でもしたら、本当に故郷に帰る必要なんてない。

などと思いつつ働く千草。笑顔を浮かべて乗客から運賃を回収していく。すると着物の老人がいる。老人は千草を見るや、目を見開いた。

「あたしは占い師だが、お嬢さん、貴女は祟られているね」

「まぁ、なんと唐突なことをお言いになる。祟りなぞ信じませんわ」

「いいや、いかん。お嬢さんは強い力に祟られておるのだ。遠い先祖よりの因縁だ」

「ホホ、いやな爺さま。確かに、かつては先祖が殺した大ムカデに祟られると恐れておりましたが、そんなもの全くの嘘偽りでしたわ」

恋人を思えば勇気も湧く。彼がムカデ伯爵と呼ばれたからこその出会いだ。むしろ祝福されているのでは。

笑う千草に、老人は顔をしかめる。

「気づいておらんのか。大ムカデなどではない。お嬢さんを祟っておるのはショウモンだ」

「はて、なにかしら、ショウモンなんて知らないわ」

「おお、恐れるべし将門公！　平将門だ！」

サァ、と血の気が引く千草。

藤原秀郷が倒したのは大ムカデだけではない。あの武勇を知らぬものか。かつて関東にて大乱を起こし、後には神田に祀られた江戸総鎮守、神と讃えられた平将門。藤原秀郷こそ、彼の英雄を討ち取った張本人だ。

「ああ、だから東京に行くなと！」

「普通の子孫ならば良い。だが、お嬢さんはバスに乗り、将門公の眠る土地を日に何度も踏みつけておるのだ」

わなわなと震えだし、居ても立っても居られない心持ち。バスが日本橋に差し掛かれば、この近くにあるものに思い至る。

「ああ、なんということ」

千草は減速したバスから飛び降り、夕刻の街をひたすらに走る。どうにか祟りを避けたい。自分が間違っていたのだと、千草は心より反省する。

やがて千草は常盤橋を越え、官庁街へと入った。

「赦してください、赦してくださいな」

千草が目指した場所にあるもの、木々に囲まれた場所に盛り上がった土。慰霊の石塔が夕闇に佇んでいる。カァ、とカラスが鳴く。

「赦して、赦して」

一心に祈るのは小さな塚。この地に落ちた平将門の首を祀った、これぞ将門の首塚なれば。

果たして、千草は祟りを避けられたのか。その答えを知る者やなし。

*

シャン、と錫杖が鳴らされた。

湖月の語りに聞き入っていた平島が、先んじて小さく拍手を送る。新庄千草の身に起きた出来事を、これまでの話をひとまとめにして物語としてくれた。その手腕への称賛だ。

しかし、湖月自身はこの内容に満足していないらしい。

「いやはや、いざ〝語り〟に落とし込んでみたものの、まだ粗がありますね。なんといっても、東京に藤原秀郷の後裔がどれほどいるというのか。全員を祟っていては、将門公もお疲れになってしまう」

「それは、その通り」

平島が小さく笑うと、湖月は優しい笑みを返してきた。

「さて、元雪さんは僕の〝語り〟は知ってますよね。こうして様々な話の断片をくって、まずは一つの話に仕立てあげる。しかし、それで半分。大事なのはこの先、真実を〝語り直し〟するのです」

「ふむ、しかし、これ以上の真実など」

ここで、シャン、と一振り。

「それが、恐らくあるのです」

湖月の口の端が釣り上がる。夕闇がより深くなっていく。

「実を申せば、元雪さんから話を聞く中で、はてな、と思うことが多くありました」

「む、それは」

「いえいえ、元雪さんには非はありません。これはひとえに人間なら誰しもある、勘違い、了見違い、聞き違いの三違いによるものです」

キン、と再び拍が取られ始める。

「まず勘違い。これは職業や人の持つ属性によるものです。此度(こたび)の話、バスガールが乗り合いバスから消えたのに、さほど大事になっていない。もし業務中のバスガールが消えたなら、バスを止めて追う者もいるのではないですか」

そう言われればそうだ。新庄千草がいなくなったことは問題になっているが、その前後の経緯(いきさつ)は見過ごされている。

「ですので、これは単純。つまり新庄千草は私用でバスに乗っていただけなのです。バスガールがバスに乗るからといって、必ずしも制服を着て、働いている必要はないのですから」

ああ、と平島に妙な納得がある。

思い返せば、この話をあぐりから聞いた時も「普通に乗っていた」と言っていた。この普通とは、業務外で普通に、の意味なのだ。

「さて勘違いはもう一つ。ムカデ伯爵という名です。伯爵というから、つい洋装の紳士を思い浮かべてしまう。だから奇妙で余分な人間が登場してしまうのです」

「余分？」

「ええ、余分なのです。お話の中に、すでにムカデ伯爵は何度も登場しておりました。つまり、千草嬢と話していた老人こそがムカデ伯爵なのです。むしろ伯爵という身分なら、着物を着る老人の方が多いことでしょう」

なるほど、と平島。ならば件の老人と話したことで問題が起きた、という大筋は合っているな、と口にする。

しかし、そこにも罠があったらしく、湖月が妖しく微笑んだ。

「さて、それが二つ目の了見違い」

「違うのか？」

「やはり余分なのです。この話の登場人物は思ったよりも少ない。つまり、その老人こそ、千草嬢と恋仲にある木下氏なのですよ」

　むむ、と疑問が音となって平島の口から出る。しかし、反論するような証拠は何もない。

「木下氏は元雪さんのご友人の、茶道での弟弟子だという。だから、つい同年代を想像してしまわれたが、茶道のような芸事なら、年老いてから新たに入門することもあります。また若いバスガールと恋仲だから、相手が老人はありえない、というのも思い込み。恋い慕う相手に年齢も性別も関係ない、というのは僕の持論です」

「それは、そうか」

　言いくるめられた感じはあるが、詳細は方太郎に聞けばわかる、と平島は呑気に構える。むしろ詳細を尋ねなかったがために、余計に混乱しただけだったかもしれない、と思った。

「この事件は、実は事件ではないのです。話をした各々方は小さな出来事を語っただけで、それを一本にしてしまった元雪さんだけが、得体のしれない話に飲まれてしまったのです」

　そう言われて、平島は様々に思いを巡らせる。

　つまり木下氏本人にとっては、バスで恋人と移動中に起きた一幕で、それを漏れ聞いた方太郎にとってはバスガールが消えたという珍事になり、現場を見ていたあぐりにとってはムカデ伯爵なる怪人物にさらわれたという噂に変わった。

全てを聞いた元雪だけが、奇妙奇天烈な事件に思ってしまったのだ。

だが、と平島。

「それでは、あの〝ショウモン〟とは何なのだ？」

シャン、と答えの代わりに音があった。

「それこそ三つ目、聞き違いであります」

シャン、キン、シャン、キン。再び音が盛り上がっていく。

「では短いながらも、これよりは〝語り直し〟にて」

シャン、と錫杖が鳴らされる。

＊

さて、故郷を出て東京に来た新庄千草。

バスガールとして働くより以前、ひょんな出会いから木下という男性と親しくなった。

彼は老人といって差し支えない年齢だが、これで二人は恋仲にあるという。

なんといっても自由な恋愛に憧れた。

せっかく家を出たのだ。何者にも縛られず、自分の意思で愛しい人と添い遂げよう。

そう決意した千草にとって、木下氏はなんとも良き相手だった。

愛もあれば、財もある。実家を捨てた千草にとっては、恋人は新しい人生の象徴であり、愛さえあれば年齢などに囚われないのが今風の生き方だと信じた。

「いずれは貴方と結婚したいわ」

その日も千草は恋人と共にいた。普段は自らが働くバスに、今は二人で乗って、ちょっとした逢引きのつもりだ。

「もちろん、僕も君を愛している。ただ一つ、心配事もある」

ふと木下氏は顔を暗くさせる。

「まぁ、何を心配なさるのです」

「いや、君は以前、虫が大嫌いと言っていたではないか」

「ええ、私は虫が大嫌いです。特にムカデが大嫌いで、幼い頃に噛まれてからというもの、目にしただけで体が震える始末」

「ああ、まさにそれなのだ」

ここで恋人たる木下氏、無地の羽織をスルと脱ぎ、ちょっと前かがみとなる。今の今まで隠していた着物の背紋を、ついに恋人へと見せつけたのだ。

「あっ」

木下氏の背で、二匹のムカデが向かい合っている。

これこそ百足紋。

ムカデは古くより常に前に進む虫として武家に、あるいは財産の守り神として商家に好まれた。また子を育てる虫として子孫繁栄すら願われた意匠なのだ。

　しかし、びっしりと描かれた無数の虫の脚を見て、千草は血相を変える。

「これが我が家の定紋(じょうもん)、向かい百足だ」

「ああ、そんな」

「結婚するということは、君もこの百足紋を背負うことになる。それでもいいだろうか？」

　ああ、と声を漏らす千草。

　これほど愛した相手だというのに、その家紋だけが許せない。いずれ彼の夫人となり、百足紋の刻まれた留袖(とめそで)でも着ようものなら、まさに全身をムカデが這(は)う気持ちとなってしまう。

　家紋は家紋だ。気にすることはない、と、いくら自分に言い聞かせても体が言うことを聞かない。前時代的なものを嫌って生きてきたというのに、この期に及んで、紋などという古臭いもので結婚がご破算となってしまうのか。

「そんな、そんな〝ジョウモン〟なんて……」

　これ以上は耐えられない。バスの中で言い争いなどしたくない。どこかに逃げ出してしまいたい。

　ついに千草は緩やかに走るバスから飛び降り、夕刻の街へと消えていった。

＊

シャン、と一つの音によって物語が終わる。

「さてさて、これにて話のキリとなりました」

再び平島の拍手が送られる。語り終えた湖月の晴れやかな顔が、薄っすらとした明かりに浮かび上がる。

「なるほど、よくわかった」

湖月の〝語り直し〟によって、これまでもつれていた話が一本の筋となった。ムカデ伯爵とは木下氏本人であり、その異様な噂も、彼がまとう着物に記された百足紋によって生まれたものだ。

今回の話はつまり、単なる恋人同士の痴話喧嘩が、それを見聞きした他人によって語られたことで奇怪な怪談となった。本当に恐ろしいのは噂話というもので、平島は湖月の言う通り、話に飲まれてしまったのだ。

「とはいえ、これが実際に起こった出来事かどうかは、また別の話です。此度の奇妙な話、その〝語り〟にとっての真実がこれというだけで、詳細は僕にもわかりません」

ケロリと言い遂げる湖月だが、その点は平島も納得ずくだ。詳細を知るだけならば、方太郎あたりに聞けばわかる。今はただ、気持ちよく語られた〝真実〟を味わえば良いだけだ。

晴れやかな気持ちで、平島は改めて湖月に頭を下げる。そして芸を見せてくれた謝礼を支払おうと、懐から財布を取り出す。

それを押し留めたのは湖月の方だ。

「元雪さん、いけませんって。これは元々、フルーツサンドのお礼。これ以上は果報に過ぎます」

「そうは言っても、以前の護国寺で見た時も投げ銭を渡しそびれた。猫も見つけてもらった。礼が足りない」

「まぁ、なんと。しかし、これでは贔屓の引き倒し。どうぞ財布をしまってくださいな」

それでも平島が黙っていると、むぅ、と湖月が口をとがらせる。一歩を踏み込み、平島の手を取って財布を無理矢理にしまわせた。

「では、代わりのお願いです」

「なんだろう」

「街中で僕を見かけたら、必ず会いに来てください。それが僕にとっては値千金の約束です」

日本橋の夜景、その光に湖月の顔が淡く照らされる。これに頷かない者がいるだろうか。無論、平島も、

「うん、いいとも」

と、やや顔をそむけて約束した。

「やった」

にこ、と笑ってから湖月は体を離した。そのまま背を向けて、この場から逃げるように歩みを速める。

「だいぶ暗くなってしまいました。今日は帰ります」

いつの間にか、三越の屋上庭園に人影も減っていた。しかし、未(いま)だに宵の口、日本橋の街には人通りはある。湖月も普段なら一稼ぎしに行く時間だろうが、今日は十分としたようだった。

「送ろうか？」

「いえいえ、大丈夫です。ああ、でも、困りました。お金は頂かないと言った手前なのですが」

最後にチラと振り返り、湖月から笑みが送られる。その名にある通り、湖面に輝く月のような儚(はかな)げな態度だったが、

「バスに乗って帰りたいので、十銭ほど投げて頂けないでしょうか」

などと、したたかな言葉が一つ。

8

やれやれ、といった調子の平島、夜の日本橋を一人で歩く。

（これは、そうだな、惚れた弱みだ）

湖月はあれで芸人だから、どこまでが本心かはわからない。

弄ばれている気もするが。なかなかどうして気分が良い。まるで酩酊気分だが、酒をやるより湖月と近くで話す方が、よほど健全だろう。

（なにより、意外と話せた気がする）

夕方から湖月と時間を共にしていく中で、何度か自然と話すことができた。喋りが上手い者と一緒に話すと、自分も巧みに言葉を操れている気になる。だから、平島にとって湖月は、やはり大事な相手なのだ。

そんな感慨に酔いながら、平島は再び橋へと到る。

夜の日本橋は幻想的だ。道を行く車夫や自転車の数は減ったが、未だに市電とバスの往来はあり、いっちょ繁華街へ繰り出そうといった風情の紳士たちも残っている。

室町方面を向けば、三越の外観がライトアップされ、広告看板も光に照らされる。通りをはさんだ商家の群れにも電灯の光があり、それらが黒い川に反射して揺れている。

（忙しない一日だったが）

何気なく平島は橋の欄干に腕をかける。すぐ隣には例の麒麟像があり、上部の照明灯から光が漏れている。

(これで事件は解決だろう)

そう思った矢先だった。視界の先、彼方の江戸橋の手前に人魂じみた光が揺れた。

一つ、二つ。そうして光の玉は増え、川面にユラユラと軌跡を残す。次いで遠くから人々が騒ぐ声が聞こえた。

(何かあったのか)

予感がある。気味の悪いものが近づいてくる気配だ。まるで遠雷、また西方の曇天、あるいは雨後の山鳴り。不吉な風があり、湿った空気を運んでくる。

平島は江戸橋方面へと移動していく。その間にも周囲の人々が同じように集まり、野次馬を作っていくのがわかった。

「なんだ、どうした」

「出たらしい、ドザエモンだ」

すれ違う人々の口から、嫌な言葉が聞こえる。それは疫病よりも素早く、人々の間を伝播していく。

「若い女だと」

「女だって、水死体じゃ区別もないだろう」

やがて平島は川べりまで来て、特に野次馬が集まっている場所へと体を潜り込ませる。

前方に出れば、数人の警官がカンテラを手に川を照らしているのが見えた。光の輪が川面をすべり、停泊した船の舳先が見える。一人の警官が棹を持って作業をしているらしく、ザブザブと水を掻いている。

トプン、と水音が響いた。

周囲から歓声に似た悲鳴が上がった。

「ああ」

平島の呻きがある。

それは水死体だった。女物の着物をまとっているが、体は膨れていて、ただ布で包んでいる程度だ。また暗くて見えないが、海藻のように広がって揺れているのは死体の長い髪だろう。

「あれは」

誰も何者かの水死体かなど問わない。しかし、平島にだけはわかるものがあった。

白く膨れた顔面に黒髪が絡んでいる。その上部に、カンテラの光を反射するものがある。あれは洋簪だ。透し彫りの蝶が乗った白金細工。流行りの意匠と割り切れるだろうか。ほんの数時間前に聞いた、そのアクセサリーの持ち主の名が頭に浮かぶ。

「新庄千草」

ゴポ、と川に泡が立つ。まるで水死体が笑ったかのような、なんとも陰鬱な音がした。

第三話　黄金幽霊の首

1

平島元雪は今、自室で理由もなく横になっている。

ここで、ヵァ、と口を開けるのは同居人たる猫のヨコヅナだ。ひょんなことから預かったが、さすがに今日明日にも返却しなくてはいけない。むしろ早く返したい、と平島は思っている。

（猫は気楽でいいが）

ぼうっと無気力に天井を見る平島。ハチワレ猫の方も家主を家主とも思わず、適当に積んだ浅草紙の上にフンを放り出し始める。強烈な臭いが漂ってくるが、すぐに掃除する気力も今の平島にはない。

（ああ、早く返してしまいたい）

普通の猫ならば、適当に外へ出せばいいのだが、なにせ苦心して探し出した迷い猫だ。再び逃げられては元も子もない、という苦渋の決断。

それで四六時中、室内で飼うことになったが、猫の方も意外と大人しく過ごしている。元は堀井男爵の屋敷で暮らしていたくせに、下宿の八畳間でも十分とみえる。

（あんな悩みもない生き方ができれば）

ごろり、と平島は体を転がす。窓から差し込む強い西日に目は焼かれ、漂うフンの臭いに鼻が曲がる。それでも体勢を変えようとも思わない。ちょっとした自傷行為だ。

少しすると、ビリビリと何かを引き裂く音が聞こえてくる。さすがに平島も気になり、やおら体を起こして音の正体を確かめる。

見ると、猫のヨコヅナが積まれた浅草紙を食べていた。口で紙をちぎる度に、その上にあるフンが散らばっていく。

「やめろ、バカ猫！」

怒鳴ったところで意味もなく、ヨコヅナは嫌がらせのように紙を咀嚼している。さしもの平島も起き上がり、溜め息まじりで掃除を始めた。

「あれは――」

新庄千草だった、と、猫のフンを片付けながら平島は独り言ちた。

つい先週、平島は友人の錦方太郎から、バスガールの新庄千草なる女性が行方不明になったという話を聞いた。これを事件として捜査していく中、理由あっての失踪だろうと結論づいた。

その直後、件の女性が水死体となって日本橋川から見つかったのだ。

「僕は、何もできなかったな」

ほんの数日前の出来事を平島は反芻する。

新庄千草の水死体が発見された時、平島は野次馬に交じって彼女の名を呼んだ。そこから「この男は知り合いだろう」と警官に話が行き、上手く説明できないままに近くの堀留署まで連行された。

＊

取り調べというほどでもないが、警察署の応接室で話をするのは緊張する。悩み抜いた末、バスガールの高村あぐりを呼んでくれ、と言葉少なに伝えると、さっそく彼女も召し出された。

「あれは千草だったよ」

署内の応接室に来たあぐりは、ひどく憔悴していた。平島のもとに来るより先に、桶に入れられて運ばれてきた新庄千草の死体を確認したようだった。

「さすが探偵さんだね。すぐ見つけてくれた」

そう言って、あぐりは平島のことを褒めた。泣き腫らした目が痛々しく、平島は彼女のことを直視できなかった。

何はともあれ、あぐりの登場によって平島は御役御免となった。

あとは彼女から勤め先に連絡が行き、新潟にいる新庄千草の親族に訃報が届く。そうして新庄嬢の親族は東京に来て、変わり果てた娘の死体を見ることになる。その間、新庄千草の死体は帝大医院に運ばれ、死因などを調べられるという。

「いやな結末になった」

警察署を出る際、あぐりに向けて平島は小さく頭を下げた。

「そんなことないよ。探偵さんがいなかったら、こうして千草に会えなかったと思う。暗い川の底に沈んだままだったかも」

気丈に振る舞うあぐりに感謝したが、それ以上は何も言えず、平島は静かに立ち去った。

その三日後、平島は方太郎と会った。

きっかけを与えた当人だ、話さねばなるまい。そう決意した平島は、桃源荘の狭い廊下で方太郎を捕まえ、とつとつと事件の顚末(てんまつ)を語って聞かせた。

「なるほど、事件は解決したが、な」

と、方太郎も歯切れ悪く答えた。

「日本橋川の水死体な、こっちも知ってるんだよ」

方太郎こそ帝大の医学部の学生だ。運び込まれた死体についての話も人づてに聞いたという。ただし、それが新庄千草だとは知らなかったらしい。

「肺に水が溜(た)まってたらしいから溺死(できし)だろう。遺体の状態がアレだからわからん部分もあるが、あとは頭部に打撲痕(こん)があったらしい。どこかの橋から身を投げて、頭を打って気絶、そのまま溺(おぼ)れたってのが見立てだ」

「それで、どうなる？」

「どうもならん。水死体を長いこと放置もできんし、ましてや故郷に運んで火葬するのも不便だ。こっちで荼毘に付すんだろう。葬儀もこっちでやるのかもな」

ならば、と平島が声を出した。

「新庄千草の恋人は来るのか？　君の同門だとかいう」

「ああ、木下氏な。それなんだが」

不意に方太郎が顔をしかめた。何か言いにくいことがあるのか、ウン、と頷いてから長い手を口元に持ってくる。

「実は姿を見ていない。先日も茶会があったが彼は欠席していた」

「そうなのか」

大した話ではない。どこかで新庄千草の話が伝わり、恋人の訃報を気に病んでいるだけかもしれない。

しかし、平島にはどうしても確かめたいことがあった。

「その木下氏という人物は、もしかして君よりも年上か？」

「そうだが、どうして」

方太郎の顔に不穏なものが混じる。それを見た平島も声を潜めた。

「たとえば、世間的には老齢といえるような」

「ああ、そうだ。言っちゃなんだが、恋人というのも愛妾か何かだろうと思ってたが」

「では、さらにたとえば、木下氏の家紋はムカデだったりする」

「その通りだ。珍しいから、前によく見せてもらったことがある。というか、おいおい、どうした元雪君」

まるで探偵じゃないか、という言葉を方太郎は飲み込んだようだった。対する平島の顔が、いつになく真剣なものだったからだ。

「なぁ、君はどこかで木下氏に会ったのか？」

「いや、僕はその人物と会ったわけじゃない。でも、そういう話を聞いたんだ。ただ気になったから確かめただけだ」

巧まずして、事実は湖月の〝語り〟と一致した。ただそれだけだ。平島の推理ではない。ならば新庄千草の死もまた、湖月の〝語り〟にあったような、恋人と結ばれないことを儚んでの入水自殺と考えれば良いだろうか。

いや、と平島。

「何か、まだ」

探偵としての勘、そんなものを具えているとは思わないが、ただ少し、ほんの少しだけ、平島には引っ掛かるものがあった。

＊

とはいえ、その〝引っ掛かり〟を平島は説明できなかった。

「僕は無力だ」

今もまた、平島は自室で寝返りを打って畳の目を数え始めた。

「もう新庄千草の葬儀も終わっただろう」

事件現場を再調査することもできず、警察を頼って死体の状況を検分することも敵わなかった。新庄千草の死に対して、平島が役立てたのは最初に名前を呼んだことのみだ。それ以外については、好きこのんで首を突っ込もうとは思えなかった。

「何が、コロシ専門の探偵か」

思い返せば儚い理想だった。

他人の死を扱い、その謎を解き明かす。事件を華麗に解決する名探偵。それは平島の領分でないと今回の件で痛いほどわかった。生前に会ったわけでもない女性、その死に触れただけで、ここまで無気力感に苛まれる。

これが知り合いの死について考える段ともなれば。

「ああ……」

平島が呻き、優雅に背を伸ばす猫が同じように鳴く。

その瞬間、部屋の扉が勢いよく開け放たれた。

「お兄チャマ！　影子が来ましたわ！」

訪れる人もない平島M事務所だが、かねてより「休業中」の掛け札を出していたはずだ。しかし、この妹にとって、自身の目に入らないものは世界に存在しないのと同じなのだ。

「お兄チャマ！　また暇そうにして、って、くっさ！」

「影子」

平島は身を起こしたが遅かった。既に影子はスカートを翻して部屋に駆け上がり、兄を跳び越え、西側の窓へと近づいていた。

「くちゃいくちゃい！　くっさいです、わ！」

ガラ、と窓が開かれた。なお窓枠の建付けは非常に悪く、一度でも開けば、再び閉じるのに十倍の労力がかかる代物だ。

「まぁ、にゃんこ！　さては、にゃんこのフンの臭いですね。こんな臭いの中で暮らすなんて不健康極まりましてよ。これからの時代、殿方も臭いにも気をつけるべきなのです」

「影子、猫が、逃げる」

「逃がすわけありませんわ！」

影子の登場によって、明らかに猫が怯えていた。固まったまま口を半開きにしている。その憐れな動物に対し、強者たる影子は悠然と歩み寄る。

「さぁ、にゃんこチャン、お家に帰りますわよ」

もちろん猫が抵抗できるはずもなく、ぐいと首根っこと尻を掴まれて影子に抱き上げられた。

「あ、ああ……」

「まぁ、なんと重いのでしょう。でぶでぶと太った猫、デブ猫ですわ！」

平島と猫が同じ表情をしている。この一人と一匹を無視して、影子は扉の向こうにいる何者かに視線を送った。

それを見て平島にも気づくものがあった。

「影子、猫が家に帰る、とは」

「にゃんこチャンを堀井さんのお宅にお返しする時が来たのです。そのために迎えに来てもらったのですよ」

影子が扉側に「ねぇ」と声をかけた。

その呼びかけを受けて、廊下に佇んでいた人物がおずおずと部屋に入ってくる。

「失礼します」

てっきり堀井夫人が猫を迎えに来たと思っていた平島は、その女性の登場に「あ」と声を出した。

「君は、堀井照子さん、か」

照子と呼ばれた女性が頭を下げる。

品のいい深草地の小紋は錦紗縮緬、合わせる丸帯には菊と牡丹。切り揃えた黒髪は平安貴族のようだが、そこに緋色のリボンを合わせているのが今風だ。

「お久しぶりです、元雪お兄様」

顔を上げれば、少女のような笑みがある。肌は白く、黒目がちな目も大きい。しかし、その笑顔は仄暗く、どこか病的にさえ見える。どうにも雨の日に佇む市松人形のうら寂しさのような、決して晴れない陰鬱さがある。

「父様の葬儀以来、ですね」

彼女こそ堀井照子。迷い猫の依頼を持ち込んだ堀井夫人の娘であり、同時に堀井男爵家の令嬢だ。加えて言えば、影子とは女学校での学友でもある。そんな彼女が今、お付きの女中もなしに、むさ苦しい下宿に来る理由は一つしかない。

「今日は、当家の猫を引き受けに参りました」

ニャ、と照子の口が赤い三日月のように開く。

「あ、ああ」

平島が影子に視線を送れば、彼女も頷いてから、抱きかかえていた猫を照子へと渡す。照子の方も足元に置いてあった籠を拾い上げ、その中へと猫を押し込んだ。ニャア、と最後に悲痛な声をあげ、ハチワレ猫は飼い主の元へ帰った。

「この度は、ありがとうございました。母に代わりまして、お礼申し上げます」

再び頭を下げる照子に対し、横から影子がニュッと顔を出す。

「お兄チャマ、優しく微笑みかけるなど、もっと照子さんに親切にすべきですわ。なんといってもお兄チャマこそ、照子さんの初恋の相手なのですから！」

「か、影子さん」

照子が顔を赤く、というより青くさせて片手を振る。影子の放言を押さえ込もうとしているが、いかんせん功を奏さないようだ。

「まぁ、照子さん、私は覚えてましてよ。幼い頃、私たち兄妹がそちらのお宅に招かれて一緒に遊んだ日のことも、その帰りとなるや元雪様、元雪様と泣きついて離れなかったことも！」

「影子さぁん……」

「それ以来、学校でも事あるごとにお兄チャマのことを聞き、こうして勘当されたと知った日など、自分も同じように家を出るなどと言って周囲を困らせたことも！」

もはや照子に為す術もない。涙目となり、ひたすらに口をパクパクさせ、影子という暴虐の嵐が去るのを待つしかない。照子も無口な性根だから、影子の言葉を遮ることができないのだ。

だが、さすがに平島も捨て置けない。同病相憐れむの精神だ。

「影子」

平島が指を上げるのを見て、影子はピタッと動きを止めた。

「照子さんが、困っている」

「まぁ、でも！」

つい声に出してから、影子は困ったように口を閉ざした。彼女が言葉を飲み込む姿を、平島は久方ぶりに見た。

「でも、どうした」

「影子はいけないことをしました。照子さんが気持ちを伝えるには、今日しかないと思い、つい」

影子が弱ったように振り向くと、それまで困っていただけの照子が静かに首を振った。

「ありがとうございます、影子さん。でも、いいのです」

と言ってから、照子は平島の方に向き直った。

「元雪お兄様、今日はお伝えしたいことがあり、私自身が罷り越しました」

息を整えてから、照子は大きく頷いた。

「私、堀井照子はこの度、婚約いたしました」

それは、と平島が言いかけた。続く言葉は「おめでとう」だが、その単語が出るより先に照子が続ける。

「それに伴い、元雪お兄様に依頼したいことがございます。探偵の平島元雪様への、依頼です」

照子の黒い瞳が西日に輝く。

「私の父、堀井三左衛門を殺した犯人、そして遺産の在り処を見つけ出して欲しいのです」

この一言こそ、今まで平島が何より求めていた言葉だった。

すなわち〝華族殺し〟への調査依頼である。

最前より話に上がっていた〝華族殺し〟の件は、この段に至り、いよいよ本筋へと合流を果たした。

2

さてしかし、事件のあらましを述べるより先に、まずは堀井家の来歴を明らかにしなくてはいけない。これなどは平島の家系を語るよりも重要なことだ。

堀井家といえば本姓を宇多源氏とし、承久の乱で順徳帝が佐渡配流となった折には付き従い、後には越後国に土着、国人衆として上杉氏、村上氏に仕えた一族である。また江戸時代になると村上藩に転封してきた大河内松平家に仕え、主家が上州高崎藩に移ったのを機に上野国へ移住し、最後は国家老として幕末を迎えた。それが明治に入ると、藩主大河内家が子爵に叙されるのと同時期に、当時の筆頭家老であった堀井勝定も男爵に叙された。

まさしく武家華族として、何ら遜色なき経歴である。ほそぼそと旗本を続け、維新に乗じて勲功華族となった平島家から見れば、侍の手本とすべき家系である。

この誇り高き武家華族のもとで、酸鼻惨烈なる事件が起きた。二代目の当主たる堀井三左衛門男爵が凶刃に倒れたのだ。

とはいえ、事件としては奇怪なものなどではなく極めて現実的なものだ。つまり、今より三ヶ月ほど前、年も明けた冬の頃。堀井男爵は銀座の路上において強盗殺人の被害者となったのだ。

夜間の犯行だったのか目撃者はなく、翌朝になって人力車夫が冷たい路地裏に倒れる堀井男爵を発見した。死因は頸部を刃物で切られたことによる失血死であり、また財布と金時計が無くなっていたため、これは強盗殺人であろうというのが警察の見立てだ。

今なお事件の捜査は続けられているが、状況は芳しくないらしく、世上では〝華族殺し〟などと題されてゴシップ扱いされている。男爵の地位にあるものが、繁華街で一人飲み歩き、その果てに強盗に殺されるというのは体面が悪い。

口さがないものでは、堀井男爵は花街で遊び呆けた挙げ句、あちこちで愛妾を作り、その恨みで殺されただの、あるいはやくざ者の情婦に手を出して報復されただのと言われている。

未だに、いくつかの新聞が堀井男爵家の動向を報せている。華族の醜聞というものは、人々にとって薄暗い娯楽となってしまった。

だからこそ、平島は〝華族殺し〟を解決したい、と強く思っている。

＊

「素直に言えば、憧れていたのだ」

桃源荘の暗い廊下で、平島は妹にそう伝えた。

今日は照子の要請を受け、堀井男爵の屋敷へ向かう手はずとなっている。よって影子が事務所まで兄を迎えに来たところだった。なお今日ばかりは常の洋装を改め、妹にしては珍しい着物姿だ。

「僕は、堀井男爵を尊敬していた」

言葉少なに平島が語ると、影子は小さく頷きながら、廊下の先へと歩き出した。

「それは、まぁ、なんとも。いえ、お気持ちはわかりますわ。堀井のオジチャマは、なんというのでしょうね、粋人というか酔狂な方というか」

「遊び心がある」

「ええ、まるで華族らしからぬ振る舞いで、よく自分はニセ華族だ、などと仰(おつしや)っておりましたわ」

うん、と平島。

とかく堀井男爵という人物は遊びに長(た)けており、散歩のついでに狂歌を詠んだかと思えば、午後には庭造りに励み、夜には盛り場で酒盃(しゆはい)を傾ける。華族の趣味としては野卑なものばかりだが、そこが堅苦しい平島家で育った元雪には魅力的に映った。

加えて言えば、堀井男爵は歌舞伎や講談などの芸事にも通じており、その縁から流しの浪曲師である湖月と知り合ったと見える。

ここで平島も妹を追って下宿の廊下を進んでいく。

「あとは、そうですわね、なにより面白い方でした。私はとんと興味ございませんが、まるで講談に出てくるような方で。義理堅くて、豪快で」

「義侠心がある」

二人、縦に並んで下宿の急な階段を下っていく。

「それそれ。ほんと、殿方はそういうのがお好きですね。お兄チャマなんて特にそうですわ。昔から、やれ関羽がどうだ、やれ弁慶に大楠公、赤穂義士まで。語り物の登場人物になりきって、ごっこ遊びばかりしてらしたものね」

懐かしく語る影子だが、平島にとっては背に汗かく思い出だ。その延長線上に今の探偵稼業がある、とは気づかれたくない。

「話がそれる」

よって、強引に軌道修正した。

「とにかく、僕は堀井男爵の人柄を好んでいた。その人物が無惨に殺されたのを、許せなかった」

ちょうど玄関が見える狭い廊下で、不意に影子が振り返った。

「だからといって、お兄チャマが〝華族殺し〟に首を突っ込むことはないのです！　これでもし犯人でも見つけてしまったら、今度はお兄チャマが危険な目に遭ってしまいますわ」

「大きな声を……」

と、呟いた直後に平島が首をひねる。どうにも予想外の言葉があった。

「ん、影子、もしかして、僕に〝華族殺し〟を調査させたくない理由はそれか？」

「当たり前ですわ！　お兄チャマほどの天才が探偵になろうものなら、立ち所に犯人を見つけてしまうでしょう。でも、でもです！　たとい一人を捕まえたところで大犯罪集団に目をつけられてしまいますわ！」

んん、と平島がさらに首をひねる。

この妹は、どうやら兄のことを過分に評価している。影子は兄に負けず劣らず、思い込みが強いのである。

「とにもかくにも、今日のお話だって、堀井のオジチャマが亡くなられたことについての詮索は無用ですわよ。お兄チャマが引き受けて良いのは、照子さんの仰っていた、遺産探しの件のみです！」

すっぱりと言い切って、影子は兄を無視して玄関から飛び出していった。

「うん」

平島は影子が去った後、そう小さく呟いた。

3

平島は妹とともに、迎えの自動車に乗って移動していた。

駿河台の下宿から甲賀町方面まで出て、富士見坂の手前から北へ入り、明治大学を横目に、旧小松宮邸を通り過ぎ、御茶ノ水を目指す。目的地たる堀井男爵の屋敷は猿楽町にあるのだ。

この駿河台から猿楽町近辺というのは、華族の屋敷が多く並んでいる。そこから「歴史ある華族が住むのに相応しい土地柄」などと喧伝し、上京してきたばかりの堀井家に住居を斡旋したのが初代平島子爵だった。両家の付き合いは、その頃からの縁となるが、上手く取り入ったとも言える。

しかし、駿河台の事務所から猿楽町までというのは、徒歩でも十分に行き来できた距離だし、富士見坂を抜けた方が早い。これは運転手が気を利かせての遠回りとなったがゆえ。

なんといっても、世間の人々に自動車を見せつけたいのだ。

車種はビュイックで、幌付きの洗練された作り。庶民では自家用車など夢のまた夢。それを平島の父は、父祖伝来の品を売り払って手にした。

とはいえ、と平島。

「どうせ蔵にあった由来不明の掛け軸を、さも由緒あるように見せかけ、上手く輸入車をせしめたのだろう。詐欺師のやり口だ」

この感想が父親の不興を買った。勘当された遠因である。

「そんな自慢の逸品に、こうして乗るとはね」

目的地に近づいたあたりで、後部座席の平島がぽつりと漏らした。隣の影子は淑やかに座ったままで、まったく静かなもの。反応といえば馴染みの運転手からの、

「あたしは坊っちゃんを乗せられて良かったですよ。旦那様も、おひい様もめったに乗られないので」

という言葉のみ。

「元、坊っちゃんだけどね」

なんだかんだ気分が良かったのか、平島から珍しく冗談が飛び出る。どうだ、とばかりに影子の方を向くが、どうにも彼女の顔色が悪い。

「吐きそうですわ」

こちらからも何かが飛び出ようとしている。まさに影子が車に乗らない理由である。

*

濃紺のビュイックが堀井邸の車寄せに停車した。用向きが済んだ頃合いに、もう一度迎えに来て欲しいと伝えて平島は運転手を見送った。

「しかし」

呟いた言葉に意味はない。堀井邸の威容に目を奪われたがゆえ、平島も何か言わねばと思っただけだ。

張り出したファサードの下には尖頭アーチの車寄せ、振り返れば広大な庭に木々が生い茂る。春の日差しに色とりどりの花が綻んでいる。また視線を戻せば、屋敷のほとんどが鋭角で構成されていることに気づく。

左右非対称のレンガ積みの屋敷。筋交いが白壁を這うチューダー様式。高く伸びた煙突は西洋の尖塔に似て、複雑に絡み合う切妻と屋根は、どこか姫路城の天守を思わせる。そこに大小様々なガラス窓が嵌められ、全体をして洋館というより小さな城郭を彷彿とさせる造りだ。

「子供の頃に遊びに来て以来だ」

平島は隣を歩く影子に話しかけたが、彼女は未だに気分が悪いらしく大した反応もない。このままでいてくれれば、と平島は小さく願った。

さて、ここで予想外の出会いがあった。

「おや」

平島たちが玄関まで来た時、呼び鈴を鳴らすより先に、飾り窓のあるアンティーク調の扉が開いた。誰か迎えに来たのかと思う平島だったが、扉の向こうに立つ人物と目が合った。

「なんだ貴様は」

開口一番、その人物は平島に尊大な態度をみせる。

黒いスーツの若い男性だった。背は平島より小さいが、撫でつけた髪にギョロっとした目が印象的で、細い手足をいからせる姿は蜘蛛にも見える。

「邪魔だ、どきたまえ」

「ああ」

と、平島が理解した。かの人物は迎えの者ではなく、ちょうど屋敷から出ようとしていたのだ。通せんぼするつもりはない、と平島が脇へ退く。

「何が、ああ、だ。まず謝罪すべきだろう」

道を譲ったというのに、男は一歩も動かず、丸い目で平島を睨んでいた。面倒な手合いである。

「すまなかった」

よって素直に謝った。しかし、それが男の癇に障ったらしい。

「貴様、先程からその物言いはなんだ。僕が誰かわかっているのか？」

「それも、すまない」

平島は頭を下げたが、なお男は語気を強めてくる。

「呉松雅高だぞ。あの北家閑院流、呉松伯爵家の嫡男だ」

「伯爵家の人か、それは凄い」

あいにくと呉松家のことは知らなかったが、平島も華族社会で生きてきた身だ。わざわざ伯爵位の人間に無礼を働こうとは思わない。思わないが、別に敬おうとも思わない。

既に華族ではないのだから。

「とにかく、すまなかった。僕も反省したから、ご随意にお帰りになってくれ」

「僕も、とは何だ。こちらにも反省しろと言うのか！」

平島としては丁寧に対応したつもりだった。しかし、どうあっても雅高青年を逆撫でしてしまう。会話とは難しいものである。

「雅高君」

ふと声がした。深い洞窟に音が反響するような、どこから聞こえたかもわからない、しゃがれ声だった。

「よ、お、父様……」

青年が振り返る。平島が視線を向けると、堀井家の玄関ホールから洋装の男性が歩いてきた。後退した白髪と、頬を這う青黒い痣。およそ六十代の老人だ。穏やかそうな表情は紳士然としているが、どこか能面じみた印象を与える。

「人様の屋敷で騒ぎ立てるものではない。見れば、堀井様の客人だろう。我々も今日は客人。そちらの方々と身分は同じなのだ」

「だが、お父様」

その老人は雅高青年の前に出て、平島に向かって頭を下げる。

「呉松静雅です。息子が失礼した」

老人が顔を上げる。青年が嫡男と名乗ったからには、彼こそが呉松伯爵なのだろう、と平島は思った。

「平島……、元雪です。こちらこそ」

「平島様、どうぞこれよりも。では、今日はこれにて」

そう言うと、呉松伯爵は未だ不満げな雅高青年を連れ、その場をあとにする。その背を見送り、残された平島は僅(わず)かに嘆息した。

(まさにお公家(くげ)さんだな。ああいう優しげな人物の方が怖い)

と、ここで平島は隣にいる影子のことを思い出した。さすがの妹である。平島子爵家を背負う者として、相手方に失礼のないよう、サッと目を伏せて押し黙っていた。

「影子」

「よくも……」

隣を見れば、影子は恨みがましい視線を背後に送っていた。吐き気を堪(こら)えるように口に手を添えたまま。

「お兄チャマに恥をかかせてくれましたわね。私の調子が万全でしたら、いけ好かない撫でつけ髪を頭皮ごと毟(むし)ってやりましたのに」

影子の調子が万全でなかったことに、平島は安堵(あんど)した。

*

玄関先での一件から数分後、平島と影子は屋敷の廊下を歩いていた。

「お迎えにも上がれず、大変失礼致しました」

二人を案内するのは使用人ではなく、照子本人だった。

「いえ、大丈夫」

「どうしても手が足りず、お迎えの準備もままなりませんで」

先を歩く照子の首筋に汗が滲んでいた。先の客人の応対を済ませ、忙しなく準備に動いていたのだろう。それを思えば平島も複雑な気分になる。自分などのために、上等な着物をまとったまま屋敷を駆けてきたのだ。武家の姫としてあってはならない姿だ。

「以前からの使用人は、ほとんど暇を出しまして。今は斡旋してもらった方々が数人いるのですが」

「なるほど」

堀井家という武家華族にとって、いわば使用人は家臣団だ。それが堀井男爵という当主を欠いたために、彼らは他家へと再仕官せざるを得なかったのだろう。

「ところで、さっき呉松伯爵という方と、その御子息に出会った」

「まぁ」

と、先を歩く照子が足を止めた。

「でしたら、きちんとご紹介すべきでした」

「僕も知らない人だったが、お父上と付き合いのある人だったのかな？」

「あの方が、私の婚約者です」

ああ、と平島が息を吐いた。納得ではなく、驚きと焦りを込めたものだった。しかし、平島は何も言えない。言うべき言葉を持たない。

(今更、僕が何を言うんだ。これが物語なら、あんなヤツと結婚するな、などと言うだろう。でも僕は、別になんとも思っちゃいないじゃないか。だが、どうぞご自由に、と言うのも厭味ったらしい)

考えを巡らせつつ、平島は赤絨毯の敷かれた玄関ホールを進んでいく。ここでふと、先行する照子が振り返った。

「そういえば、影子さんのお加減が宜しくないように見えますが」

影子のことを問われ、平島も思考を切り替えた。横を見れば、照子の問いかけに影子は首を振って応えていた。こちらも華族令嬢の意地である。

「実は――」

と、平島が口を開いたところで、ナァ、と声があった。

「にゃんこチャンですわ!」

影子の大声に耳を塞ぎつつ、平島は鳴き声の方を見る。すると中央階段の手すりにヨコヅナが陣取っていた。弱っている影子を見て勝利の雄叫びを上げたようだ。

「ほら」

進み出た照子が小さく笑い、手すりに向けて両手を伸ばす。ヨコヅナはタッと跳び、その胸元へと収まった。

ヨコヅナは照子の胸の中でゴロゴロと喉を鳴らしている。この後に待ち受ける悲劇を平島は予見したが、あえて何も言わなかった。

「はい、影子さん」

「まぁ、にゃんこチャン！」

憐れむべし、ヨコヅナは飼い主の手から天敵のもとへと引き渡された。影子は決して逃すまいと力強く猫を抱き、猫の方も暴れることを忘れ、ただ身を硬くしていた。

「影子さん、猫がお好きだったのですね」

どうやら照子は、影子が猫に会えないのを不満に思っていたと判断したらしかった。いずれにせよ、これで影子が大人しくなるのなら、と平島も猫の悲運を受け入れた。

さて、猫を抱いたままの影子を後ろに、平島は照子に導かれるまま邸内を移動していく。

「元雪お兄様が、屋敷にいらっしゃるのは何年ぶりでしょうか」

「最後は、もう十年ほど前か」

思い出に浸りながら、平島は長い廊下を進む。右方に格子窓が並び、傾き始めた日が差し込んでいる。かつて、この廊下を三人で走り、堀井男爵から大目玉を食らった覚えがあった。

ふと見れば、壁側には無数の飾り棚がある。いずれも堀井男爵が生前に買い集めた奇品珍品。郷土人形から能面、陶磁器と和風でまとめたかと思えば、その隣にビスクドールが置かれ、下には南方諸島の武器。崩れかけたローマ兵の石像が槍(やり)を向ける先には、ブロンズ製の怪物型吐水口(ガルグイユ)がいる。

まさしく玉石混淆(ぎょくせきこんこう)だ。

「父様の趣味ですが、処分に困ってしまって」

平島の視線に気づいてか、照子が頬に手をやって呟(つぶや)く。

「いや、相変わらず、すごい」

この言葉を優しさと受け止めたのだろう、照子は顔を伏せて頷(うなず)いた。もちろん平島にとっては単純な感想である。

しかし、道楽趣味も極まれば、家人にとっては迷惑となる。

例を取れば、まず平島たちが通された部屋だ。

最初に入った広間はロココ調だったが、今こうして廊下を抜けてやってきた応接間はバロック様式となっていた。いずれも堀井男爵が無理に作り変えさせたという。

「すごいは、すごいが」

平島は素直な感想を述べつつ、金縁に花柄で装飾されたソファへ腰掛ける。眼前のテーブルも似た装飾だから、ここだけ見れば品が良い。影子もヨコヅナを抱えたまま、兄の隣へと腰掛けた。一方、照子は立ったまま頭を下げてくる。

「少しばかり、見て頂きたいものがあるので。私はそれを取って参ります」

そう言って照子は部屋を去った。

すると彼女と代わって、今度は年若い女中が部屋に現れ、二人分の紅茶を用意してくれた。手慣れてはいるが、どこか愛想はない。照子の言う通り、業者から仲介されてきた職業使用人だろう。

「影子」

ちょうど使用人が部屋を出たあたりで、平島が妹に話しかけた。

「どうかしました？」

影子はヨコヅナを抱いたことで落ち着いたのか、先程よりは回復しているらしい。

「やはり堀井男爵の屋敷は、すごいな」

「その通りですわね。まぁ、影子としては少し落ち着きが欲しいのですが」

平生は落ち着きのない影子だが、言わんとすることはわかる。

明治期に作られた堀井邸は、あの前田(まえだ)侯爵邸と並び比す邸宅として賛辞を送られることがある。ただし、整然たる侯爵邸と比べれば、どこか歪(いびつ)で怪奇趣味に彩られた趣きがあるのも確かだ。

「本当に、すごい」

再び平島が繰り返す。ここで言う「すごい」は、堀井男爵の酔狂ぶりにではなく、その財力に向けてである。

「なぁ、影子。先に照子さんが言っていた、堀井男爵の遺産というのは、やはり〝堀井の隠し金〟なのか？」

「そうだとは、思うのですけれど」

　影子にしては珍しく、歯切れの悪い返答だった。

「実を申しますと、私、まだ〝堀井の隠し金〟などというものは信じておりませんの。お金をかけてらっしゃるのは確かですけれど、元は御家老のお家でしょう。うちなんかより、よほど裕福ですわ」

　ふむ、と平島。

　ここで話題に上がった〝堀井の隠し金〟というのは、巷間のゴシップで取り沙汰されたものの一つだ。

　曰く、堀井男爵は支給される金禄や貴族院議員の歳費では賄いきれない程の贅沢をしている。その財源というのが、初代男爵たる堀井勝定が国家老時代に高崎藩の金を横領したもので、今も隠し金として堀井家に残されているのだ、と。

「お兄チャマとは違いますが、私も堀井のオジチャマによくしてもらってましたわ。そんな方の醜聞など、あまり信じたくはありません」

「それは、もっともだ」

　兄妹で意見が合ったところで、応接間に二人の人物が現れた。

　一人は照子で、もう一人は先に平島に猫探しを依頼してきた老婦人、つまり堀井夫人だ。

「あらまぁ、元雪ちゃん」

堀井夫人は嬉しそうな声をあげ、一も二もなく平島の手を取ってきた。

「猫を見つけてくれて、本当にありがとうね。ただ忙しくて、お礼にも行けずじまいで」

「いえいえ、おばチャマ、全く構いませんわ！」

平島に発言権はないらしく、手を握られたまま影子が全て応対している。後ろに控えた照子も助け舟を出せないようで、憐れむように平島を見ている。騒がしい者が二人と、何も言えない者が二人。なんと調和の取れた場か。

「母様、その」

二人が世間話を始めようとしたところで、いよいよ照子が声を出した。

「ああ、そうでした。今日は名探偵の元雪ちゃんに、遺産のことを相談するんでしたね」

そう言って堀井夫人と照子が対面のソファに座ると、折よく女中が新たに紅茶を運んでくる。くつろいだ雰囲気となったところで、まず堀井夫人が口を開いた。

「本当のことを言いますとね」

平島はカップを口につけたまま、堀井夫人が残念そうに眉をひそめるのを見た。

「こんなことは家の恥なので、誰にも相談したくないのです。当主が死んだせいで、遺産が所在不明になったなどと、外に漏れれば醜聞となりますでしょう？　警察にも、宗秩寮にも届け出なんてできません」

ふむ、と平島。警察はともかくだが、華族を管理する宮内省の宗秩寮には相談した方が良い、と思った。

「それがなんと！　同じ華族、それも恩ある平島子爵様の御子息が名探偵！　これは内密に相談したい、と思いまして」

ぶ、と平島。危うく紅茶を噴き出すところだった。

「それは、つまり……。僕に猫探しを依頼したのも、探偵としての素質を確かめるためだった？」

「いいえ、それは本当にいなくなったからで」

ほほ、と堀井夫人が笑う。あの堀井男爵と連れ添った女性だ。豪胆というか、人を呑むような鷹揚さがある。

「改めて、どうかお願いできないかしら。名探偵の元雪ちゃんへの依頼です。我が家の遺産を探し出して頂きたいのです」

ここで堀井夫人と照子、母娘が揃って頭を下げてくる。

もちろん平島は依頼を受けるつもりだ。恩ある家と言ってくれたが、そういう意味では平島は堀井家にこそ恩を感じている。

よって、返答も決まっている。

「もちろん――」

「お二方、お待ちになって」

決まってはいたが、横には影子がいた。

「あまりにトントン拍子ですわね。お兄チャマほどの探偵に仕事を任せるからには、これは必ず裏があるものです。何かまだ、私たちに仰ってない事情がおありではなくて？」

そんなものはない、と平島は声を大にして言いたかった。

視線を彷徨わせてから、平島は堀井の母娘を見る。

「母様、大丈夫です。元雪お兄様なら」

「ええ、そうですね」

納得しないでくれ、裏なんてなくていい。平島の切なる思いだ。

「これを見てください」

そう言って、照子は懐から小さな袱紗包みを取り出した。

テーブルに置かれたそれを開けば、にわかにシャンデリアの光に照らされるものがあった。大きさもまばらな金色の粒が数個、袱紗の上に転がっている。

「これは――」

「砂金です」

平島の問いかけに照子が答えた。

「これらは全て、邸内で見つかったものです。もちろん、私も母様も与り知らぬもので……」

照子が不安そうに告げれば、堀井夫人が申し訳無さそうな顔をして言葉を継ぐ。

「別に、隠し立てするつもりはありませんでしたの。ただ、これが見つかった経緯が、なんというか、いささか胡乱でしてね、素直に話していいものかどうか」

「おそらくは、これこそ父様が残した遺産の一部だとは思うのです。ただ、どうも……」

平島は口を挟むことなく、小さな砂金粒を覗き込んだ。特に砂金に見覚えがあるわけでもないが、ただの砂利などではないように思えた。

「お兄チャマ」

「ああ、うん」

それは単なる相槌だったが、影子は別の意味を見出したらしい。

「わかりました。お兄チャマならば問題ありません。どうぞ、お二方とも、その胡乱な話とやらを聞かせてくださいまし」

勝手に話が進んでいる気配がある。平島が顔を上げれば、母娘が顔を見合わせていた。

やがて意を決したのか、照子が正面を向いて口を開く。

「その、奇妙な話なのですが。近頃、邸内で幽霊を見たという者がおりまして」

「幽霊？」と、さすがに平島も反応した。

「はい。それも首だけ……。生首だけの幽霊が、邸内をさまよっていると言うのです」

照子は胸に手を置いて、救いを求めるような視線を平島に向けた。

「そして、これらの砂金は、全て幽霊が出たという場所で見つかったものなのです」

呼吸を整え、照子が絞り出すように声を出す。

「この砂金は、全て〝幽霊が黄金となったもの〟なのです」

4

夕暮れが迫り、堀井邸の複雑な外観が暗く塗りつぶされる。重なり合う鋭角の影は、無目的に折られた紙の如く。

中庭の噴水がとうとうと水を流している。

アハハ、と甲高い笑い声が屋敷から響いた。平島はそれを小さな中庭から聞いている。見れば、応接間の窓から影子と堀井夫人が談笑している姿が見えた。

「元雪お兄様」

声に横を向くと、照子が着物の上に羽織ったショールに手をやっていた。

「照子さん、肌寒くなってきましたね。戻りますか?」

「いえ、もう少しだけ」

平島は頷く。中庭のベンチに二人、特に話すこともなく並んで座ることとした。

いや、特に話すことがあるはずなのだ。

(幽霊が黄金に変わった、などと)

先頃、堀井夫人から聞かされた話だ。

ここ最近、堀井邸のあちこちで、生首だけの幽霊が現れるらしい。目撃した使用人から報告を受け、夫人か照子が幽霊の出たという現場に行けば、必ず例の小さな砂金粒が落ちていたという。

　かくて使用人たちの間で「黄金に変わる生首」の噂話が広まった。いくら他言無用と伝えても、やがては外に漏れるだろう、というのが堀井夫人の心配事。

　全く胡乱で奇妙な話だが、これまでゴシップに晒されてきた堀井家の人間が、あえて作り話をする理由もない。これこそ行方知れずの遺産と関わる重要な事柄なのだ。

　よって、平島は休憩がてらに詳しく話を聞こうと思い、照子を連れ立って中庭にやってきた。

　よし、と決意する平島。ここで「照子さん」と呼びかけたが、向こうから同時に「元雪お兄様」と声があった。

「や、失礼」

「あ、いえ、どうぞお兄様から」

「いや、照子さんから」

　両者、ここで押し黙る。ベンチに座りつつ、お互いに汗を噴く思い。譲り合いの精神、我慢比べだ。

「では、私から」

　先に折れたのは照子だった。

「大した話ではないのですが、その、こうしていると、とても懐かしく思います」

「ああ、確かに」

あの頃は、などと思い出に浸る平島。

華族に生まれた者は、遊び相手も家格で決まる。その中でも、堀井男爵家とは親交厚く、母親同士の付き合いもあったがゆえに、平島は妹とともに堀井邸に遊びに来ることが多くあった。

同い年だったから、影子と照子はすぐに仲良くなった。ただ名は体を表さないもので、いつも中庭を駆け回っていた影子に対し、照子は部屋に籠もって本を読むような子供だった。

幼き平島もまた、外で遊ぶよりも、堀井男爵の文庫で過ごす方が心地よかった。だから、いくらか年は離れていたが、照子とは仲良くなれた。

「お兄様も、御本がお好きでしたね」

「僕は講談物などを好んだから、君とは趣味は合わなかったが」

「まぁ、いじわるです。一緒に同じ御本を読みましたとも」

照子が笑い、平島も思わず鼻を鳴らした。

思い返せば、この中庭のベンチで並んで一つの本を読んだことがあった。影子が何がなんでも外で遊びたいと言うから、仕方なく中庭で本を読むことにした時だ。

「懐かしいな」

「ええ、とても」

そこで二人ともに言葉に詰まった。サァ、という噴水の音だけが聞こえる。

ならば今度は平島が話そうと思ったが、この流れで聞くには残酷な問いであっただろう。しかし、そうした機微は平島にはわからない。

「照子さんは、結婚するんだったね」

果たして、その言葉に照子はどのような顔をしただろうか。あるいは父である三左衛門を亡くした時以上に、心が打ち震えるものがあったかもしれない。

「はい」

しかし照子は顔を上げ、気丈に微笑んでみせる。

「照子は来月には、結婚いたします」

「お相手は、あの——風雅な青年か」

珍しく平島は言葉を選んだ。居丈高だとか、小憎らしいとかいう意味を一語にまとめた。すると照子の方は、さも面白そうに忍び笑いを漏らした。

「普通は、そう思われますよね」

「違うのかい？」

「私が結婚いたしますのは呉松静雅様、ご嫡男の雅高様ではなく伯爵御本人です」

え、と平島から驚きの声。見ると照子は、まるで歯痛を気にするような、複雑な笑みを浮かべていた。

「この縁談を話すと、皆様、そのように驚かれます。でも致し方ないのでしょう。伯爵は父様ほどの年齢ですし、普通の婚姻ではないのですから」

「普通ではない？」

平島が聞き返す。照子の方を見れば、不安というより、どう話すべきか悩むような素振りがあった。

「いくらか複雑な婚姻なのです。それというのも、父様が亡くなったことで堀井家の戸主がいなくなってしまい、このままですと、その、爵位が……」

ああ、と平島が得心した。これは自身の立場もあってか、他人事ではない事態なのだ。

華族は爵位を継ぐべき男子がいない時、その地位を返上することになり、世襲財産の相続にも不便が生じる。やんぬるかな、堀井家には一人娘の照子しかおらず、このままでは男爵位の返上をも考えねばならなかった。

(堀井男爵が生きていれば、親族から養子でも取れただろうが。いや、だからこそ、か)

ようやく平島も合点がいった。照子の結婚というのは、爵位を守るための結婚なのだ。

「つまり、その呉松伯爵という人物は、婿養子に入るのかい？」

「はい。堀井家に入って頂くことで、男爵家を存続させる、というのが結婚の目的です」

照子は淡々と告げる。嬉しさも、悲しさもない声音だ。

「ただ呉松様は、ひとえに恩情ゆえに堀井家の面倒をみたいと、名乗り出てくださったのです。私は面識がなかったのですが、父様が貴族院議員だった頃からのご友人だそうで」

それから照子はとつとつと、あの温厚そうな老紳士、呉松伯爵のことを語ってみせた。

曰く、呉松伯爵は婿養子に入るため、わざわざ隠居して家督を長男である雅高に譲るとのこと。また婚姻は財産保護のために行う一時的なもので、別に養子なりを迎える準備ができたら離縁してくれて構わないと言い、さらには照子に相応しい婚姻相手が現れたら、これもまたすぐに離縁するという。

なんと自由な条件だろうと、平島はそう思ったが、当の照子は結婚を真剣に考えているようだった。

「愛のない婚姻、とは申しません。親子ほどに年も離れた方ですが、私は武家の娘として、家を守り継いで頂く呉松様に、心を尽くして添い遂げようと思うのです」

おそらく呉松伯爵ほどの人物なら、結婚後も照子と平島が会うことを許してくれるだろう。しかし、照子自身がそれを頑として許せない。

ただでさえ醜聞で家名を落とした堀井男爵家が、今度は不貞か、などと騒がれることはあってはならない。よって、照子にとって、今こうして平島と話す時間こそ、幼き頃からの想い人と過ごす、今生最後のひと時なのだ。

「そのために私は結婚するのです。どうでしょう、元雪お兄様」

無意味な、されど真摯な呼びかけだ。

ここで平島が照子の手を取り、「面倒事など捨てて、いっそ僕と駆け落ちしよう」とでも言えば、彼女は頬を赤らめて頷き、ともに夕暮れの街へと走り出しただろう。

「うん。お幸せに」

しかし、平島はそんなことをしない。しないからこそ、照子は平島を好いたのだ。

「はい、お兄様も。どうか、お達者で」

この時の照子の寂しげな笑顔に、さすがの平島も気まずさを覚えた。だからといって、何が変わるわけでもない。

「そういえば」

よって、話をそらした。

何か話題は無いか、と中庭から周囲を見渡す。すると、本邸から渡り廊下で繋がった離れが目に入った。

奇妙な洋館だった。

平べったい屋根と白壁、そして分厚い観音開きの扉は古い土蔵にも見える。一方で、建物後部から伸びる高い煙突は鐘楼のようであり、壁面を飾る細長い格子窓の風情は、まるで西洋の教会を思わせた。

「あの煙突のある、別館なんだが」

「ああ、〝上野介館〟ですね」

「え、そんな名前だったのか？」

平島が横を向けば、照子が面白そうに微笑んでいた。

「私も、子供の頃は名前を知らなかったのですが、父様がそう名付けたそうで。本邸はお祖父様が造らせたものですが、あの離れは父様自身が設計したとのことで」

「なるほど、男爵は庭造りも得意だった。その延長線か。しかし、上野介というのは」

「さぁ、それこそ父様がお好きだった、講談の登場人物なのでしょう。いつか聞いたところでは、あの館は上野介を真似て造った、と仰っていました」

ほう、と平島。

上野介といえば、忠臣蔵に登場する吉良上野介。その吉良邸は赤穂浪士の討ち入りの現場であり、講談などでの最大の見せ場だ。もしかすると、堀井男爵は離れで討ち入り劇を演じるのが夢だったのでは、と平島は勝手に想像した。

「うん。で、その〃上野介館〃だけど、昔、僕らで入ったことがあったよね」

「まぁ、元雪お兄様ったら、覚えておいででしたの？」

不意に振った話題だったが、予想外に照子の心に響いたようで、彼女はクスクスとおかしそうに笑った。

「あの頃は、名前も知らない変な建物だと思った」

堀井男爵が〃上野介館〃と名付けた建物は、内部は大きな暖炉の他には何もないホールで、往時には人を集めて舞踏会を催したという。それが幼き頃の平島が入った時は全く無人の、ガランとした不気味な建物に見えたのだ。

「秋口の、少し寒い日だった。あの噴水で、誤ったか、遊んだかして、僕が落ちた。すると君も後を追って水に入ってきた。二人でびしょ濡れだ」

「はい。私は泣いておりました。それで、お兄様は私を勇気づけようとしてくれました」

「なんと言ったのかは覚えている。ほら、煙突を見たまえよ、あの館には暖炉がある。そこで暖を取り、服を乾かせば、無様に噴水に落ちたなどと言わなくて済むのだ」

　当時の気持ちを平島は思い起こしている。

　別に照子を思ってのことではなかった。高い煙突を見て、ならば暖炉があるだろう、と推理を働かせた自分に酔いしれていたのだ。

「でも、目論見は失敗だった。暖炉に火を入れようとしたところで、男爵に見つかって、ひどく怒られた」

「子供だけで火を扱うな、と」

　共通の思い出を語り合い、平島と照子はともに忍び笑いを漏らした。この二人としては、精一杯に喜びを表現したものだ。

　しかし、不意に照子が笑い声を潜めた。

　照子は一点を見つめて固まっている。その端整な横顔が引きつっていく。次第に彼女の目は見開かれ、恐怖からか、桃色の小さな唇が震えた。

「ああ」

　そう息を漏らした直後、照子はキャアと悲鳴を上げた。

「照子さん？」

　照子は体ごと顔をそむけ、それどころか平島の胸に頭を埋めてきた。思わず平島も彼女の肩に手を置く。

眠たげな白檀の香りが届く。絹の手触り、風に揺れる黒髪。ショール越しに触れる体は細く、それが小刻みに震えている。強く抱けば壊れてしまいそうな、紙細工の人形のように思えた。

「どうしたのです、照子さん」

「そこに、あの館に」

照子は顔を押し当てたまま、片手で一方を指差す。

細指が向けられた場所には、例の〝上野介館〟があった。白壁は夕日を受けて朱に染まるが、大きな格子窓の奥は全くの暗闇である。

「窓に、窓に見えたのです」

「何を?」

「首が、生首が見ておりました。窓の上方で、ゆらゆらと」

「使用人が窓を拭いていたのでは」

「いいえ、いいえ」

そこで照子は顔を上げた。なんとも悲痛な表情だが、こうして自らを頼る姿に、平島は不道徳な懐かしさを覚えた。

「ありえないのです。生首が見えたのは窓の上部なのです。そんな高さに首だけが見えるなんて」

消え入るような言葉だった。

平島は再び振り返り、照子が見たものを確かめようとした。もちろん窓の向こうには何も見えなかった。

5

夕焼けの街を、平島たちを乗せた車が走る。

幌を下げ、風を浴びながらの帰路だ。後部座席の影子は行きよりは無事な様子だが、やはり無意味に喋るほどの元気はないらしい。かたや平島の方も、様々なことで頭が一杯で、言葉を発する余裕もない。

（堀井男爵の遺産探し、照子さんの結婚。屋敷をさまよう生首に、それが変じた――黄金か）

平島が手を上げる。指でつまんだ小さな粒上のものが、夕日を浴びて金色に輝く。

それこそ、先に〝上野介館〟で見つけた砂金だった。

（照子さんが生首を見たと言ったあと、使用人に鍵を開けさせて館に入った。しかし中には誰もおらず、ただ広いだけのホールに隠れるような場所もなかった。格子窓は全て嵌め殺しで、外と通じるのは暖炉の煙突のみ。しかし、そこにも人の入った形跡はなかった）

探偵として見るべき場所は全て調べた。その結果、人間の出入りが不可能なことがわかった。

それだけならば、照子の見間違えだと結論づけられたはずだ。

（しかし、砂金が一つ）

調査中、平島はホールの床に光るものを見つけた。近づいて手に取れば、まさしく一粒の砂金であった。それは異様な臭気を放ち、触れた指に湿った感触が残った。

（まさか本当に、幽霊が黄金に変わったとでもいうのか）

平島が砂金を見つけたあと、調査に必要ならば、と持ち帰ることを許された。しかし、いざ見ても何もわからない。

今は結論が出ないだろう。そう判断し、というか諦めて、平島は預けられた砂金を自らのハンカチに包んで懐に入れた。

これまで順調だった方がおかしいのだ。平島の調査というのは、暗礁に乗り上げてからが本番である。落ちに落ちて、自己嫌悪すら抱くあたりで、スッと救いの手が差し伸べられる。

（こういう時ほど、あの人に会いたいと思うのだなぁ）

夕闇が迫るほどに、どうしても思い出す人物がいる。会いたいと願い、声を聞きたいと望む相手だ。

シャン。

よって、この音を今の平島が聞き逃すはずもない。

「止めてくれ！」

急な大声に運転手がブレーキを踏む。あまりに力強い声に、隣の影子も背を伸ばして驚いている。

「お兄チャマ？」

ちょうど駿河台に入る辺りの路地だった。平島は停車したビュイックから身を乗り出し、颯爽と跳躍してみせる。平島本人も気づいていないが、この瞬間こそ、世間で想像される名探偵らしい動きだった。

「影子、先に帰っていてくれ」

「何かわかりましたの！」

走り出した兄の背に、影子が声をかける。

「これから、わかる！」

平島の向から先を知る者からすれば、なんとも情けない答え。

しかし影子の目に映ったのは、事件解決に向けて、夕暮れの街を駆ける兄の勇姿だった。

＊

シャン。

音に導かれるように、平島は夕焼けに染まる街を走る。

少し前に車で通った道を戻っていく。

甲賀町から北へ、古い武家屋敷の土塀にはさまれた辻を抜け、神田川に面した紅梅河岸へ。ちょうど御茶ノ水駅にも近く、夕方であっても人通りがある。

シャン。

ついに平島は、駅の近くで小さな群衆を見つけた。

「さァて」

柔らかな声が響いたあたりで、平島も人混みの前列へと紛れ込んだ。それを見たのか、見てないのか、声の主はニコと小さく笑った。

黒い透綾の羽織も丈長、白の長着に藍鼠の袴。白い肌は夕日に溶け、細めた目に灯火の冴え。莫蓙一枚、鉢一つ、得物は短い錫杖のみ。

真鶸亭湖月、その人が今宵も人を集めて〝語り〟を行う。

「ただいま、息せき切って駆けつけてくださった方もございます。これなど芸人冥利に尽きるもの」

そう言って、湖月は明らかに平島に視線を向けた。とはいえ芸の途中だったのだろう、親しく話しかけるようなこともない。

平島もそれで結構と思っている。今はただ湖月の芸を聞きたく思っただけだ。探偵として悩みに悩んだ末はいつだって、湖月の〝語り〟を聞くことで道が開けた。だから今回も何かが起こるはず。そうした縁起担ぎ、おまじない、魔術的思考の結果だ。

ここで、シャン、と錫杖が振られた。

「ささて、では今一度、我が〝カタリゴト〟についてのご説明。これ最前にも申した通り、この場にお集まりの皆々様より、お題となる話を三つでも頂きまして、それを当意即妙、軽妙洒脱、道理の縄にてくくって、一本の話とする芸にございます」

キン、と音が続く。

「先に頂きましたお題、一つはそちらの御婦人より。ちょうど銀行帰りとのことで、何ぞ銀行にまつわる話をご所望とのこと」

キン、と音の調子が変わる。

「次いでは、そちらの殿方。この地、この場所、駿河台にまつわる話が良いとのこと。これも結構。面白きものといたしましょう。さて、あとは最後のお題ですが――」

湖月の瞳が平島を見留める。魅了するように片目を細め、小さな唇を悪戯っぽく吊り上げた。

「ちょうど今、駆けつけてくださった方にお願いいたしましょう」

「え、あ、僕か」

まさか自分に来るとは。どこかで期待していたが、いざ話を振られると平島も困る。

「はい、お兄さん。何か面白いお話などありますれば」

ない訳がない。その話をしたいからこそ、こうして駆けつけた。

ら出ていく。

「首が――」

以前より自然に口が開く気がする。平島の頭が考えるより先に、話したいものが口から出ていく。

「浮かぶ生首の幽霊が、黄金になる話」

シャン、と錫杖が鳴った。

湖月の目は猫のように見開かれ、なんとも興味深そうに頷いてくれた。

「さてもさても、なんと奇妙なお話でしょう！」

シャン、キン、と錫杖で拍子が取られ始めた。

いよいよ湖月の〝カタリゴト〟だ。時刻もまさに黄昏、逢魔が時。日は沈み、周囲の影が深まっていく。トプン、と響いた音は、神田川に鯉の跳ねたものか、宵闇が人々を飲み込んだものか。

「ではでは〝語り〟に入る前に、こちらより小さなお話を一つ。これもマクラか講釈か、お聞き頂ければ幸甚の至り」

キン、キン、と錫杖が鳴る。

「その方、毘沙門天の申し子として生まれるも、時は室町殿の世、あらぬ嫌疑をかけられて流浪の身と成り果てる。かくて常陸は小栗御厨から三河へと逃げる途上、照手姫なる美姫と出会います、とは、皆様もご存知、説経節などに謳われる小栗判官の物語」

まず湖月が語ったのは、世に小栗判官として伝わる話だ。平島も講談本やら浄瑠璃、歌舞伎の演目として馴染みもある。

伝説によれば、小栗判官は照手姫と出会った後、一度は横死を遂げたものの、閻魔大王の計らいによって蘇る。ただし、その姿は打ち捨てられた骸のまま。熊野の湯に入れば治ると言われたが、もはや手足も動かない。そこで小栗判官は餓鬼阿弥と名付けられ、土を運ぶための車に乗せられ、人々によって運ばれていく。

この話の泣かせどころは、小栗が死んだと思い、悲嘆に暮れる照手姫が、これも供養とばかり餓鬼阿弥の車を曳くところだ。照手姫は餓鬼阿弥の正体にも気づかず、とつとつと小栗への思いを語る。やがて回復した小栗は、再び照手姫を探し出して夫婦となる。

今回の話は小栗判官なのか、と平島は納得の表情。

「とはいえ、これも単なる話の始まり」

と、湖月が笑ってみせ、あざとく群衆の予想を裏切った。

「かくて小栗の一族は三河に住し、その後は徳川家康公に付き従い、旗本として幕府を支えました。やがて時は下って文政、今より百年ほども前のこと。この駿河台にある小栗家の屋敷にて、一人の子が生まれました。名を剛太郎、元服しては忠順。ご年長の方なれば、小栗上野介と言えば伝わりましょうか」

「上野介！」

これは不意に飛び出た平島の声。先の〝上野介館〟と名前がかぶったがゆえの驚きだったが、まるで歌舞伎の大向うの如く、ちょっとした合いの手となった。

「いかにも小栗の上野介。この方こそ御一新の時まで、勘定奉行として幕府に仕えたる忠臣の鑑。しかしの小栗、清廉潔白な武士なれど、金回りを扱う職ゆえに疑われることもあり」

湖月が平島を試すように笑みを作った。

「徳川幕府の終わりし後、江戸城に迫る官軍、いざ金蔵を開きてみれば、これは仰天。溢れんばかりにあると思った金銀財宝、それら一切が消えている。さては勘定奉行め、やりおった」

シャン、と錫杖が力強く振るわれた。

「追え、追え、小栗上野介はどこじゃ。きゃつめ、徳川の金を持ち去ったに相違ない。と、かく語られますのが〝徳川の隠し金〟の伝説にございます」

錫杖の音に乗って、次第に湖月の声に力が入っていく。いよいよ〝語り〟が始まるのだ。

「さても御参集の皆々様へ、今宵語りまするは徳川の隠し金の在り処と、忠臣小栗にまつわる事の顚末にて」

シャン、キン、シャン、キン。

「標目は、題して〝黄金幽霊の首〟」

シャン、と音が鳴った。

6

江戸の富士見も今夜を限り。

冬の月夜に浮かぶは遠き峰。屋敷を引き払う手はずも整って、居並ぶ家臣や奉公人らに向け、相スマヌ、と頭を下げる男が一人。誰あろう、小栗上野介忠順、その人だ。

「此度、勘定奉行も御役御免となったゆえ、江戸より退去することを決めた。いや、悪いことでもない。これより江戸は宴席の如く騒がしくなるだろう。ホウカンには懲り懲りなのだ」

宴席を盛り上げる幇間と将軍の大政奉還をかけた洒落だが、この寂しき場で笑う者もいない。

今や手立てもなし、三百年の栄華を誇った幕府も終わりを迎える時が来た。かくて迫るは薩長官軍、京より江戸を目指して東進の最中だという。

「では、夜陰に紛れて去るとしよう。行くは上州、我が上野介の名も、ようやっと浮かばれよう。さぁ、道行きは任せるぞ」

小栗の言葉に頷く者ら。彼の知行地たる群馬郡は権田村の青年たちだ。かくて歩き出した一行、そこにタッタッと駆けつける人影がある。

「待たれたし、待たれたし」

息を白くし、一行の前に現れる男。その肩で千両箱を抱えている。年は五十がらみで小栗より年長に見えるが、腕は日に焼かれて大きく張り、なんとも力強い。

「や、利左衛門か」

「いかにも。若様が江戸を発つと聞き、馳せ参じました」

「若様はよせ。年も取り、もはや家名も地に落ちた」

　この男こそ三野村利左衛門。今は豪商たる三井家に雇われているが、元は小栗の父のもとで奉公していた過去がある。よって小栗とは旧知の仲、かねてより幕府と三井家の繋ぎ役を担っていたのだ。

　その男が今、かつての主家に報いるため携えてきたものがある。ヨッと一声、肩から千両箱を下ろす。

　開けばそこに黄金の山。三井家から借り出した大判小判も溢れんばかり。若者らから驚きの声。されど小栗は眉一つ動かさず。

「よもや利左衛門、この金で逃げろと言うまいな」

「そのよもやにてございます。いかでか上州に隠棲なされても、やがては薩長が追ってきましょう。ならばいっそ、海を渡り、アメリカにでも逃れますよう」

　利左衛門は小栗の前で膝をつく。これほどの武士を、理非知らずの薩長に殺させてなるものか。幕府に尽くしてきた忠臣、その旧臣もまた忠義の人であった。

　されども、しかし、忠義の時代も過ぎ去りし。

「面を上げよ、利左衛門。その金は、これより来る新しき世の備えとするがよい。代わりに、我が家族が困窮せし時は、どうにか宜しく頼む」

小栗上野介、己のことを差し置いて、家族の行く末のみを利左衛門へと託す。承りましてございます、と地に伏す旧臣。もはや互いに顔を見ることもできず、かたや冷たき土に涙を落とし、かたや寒月を天に仰いだ。

去りゆく小栗の背を見送るか利左衛門。これが今生の別れであった。

さて、利左衛門が小栗斬首の報せを受けたのは、それより一月あまり後だった。

のどけき村にて余生を過ごすつもりだった小栗。しかし世はそれを許さず、時まさに江戸開城の折、東山道を攻める官軍の一派が小栗の籠もる東善寺を取り囲む。

「かくありては未練もなし」

縄をかけられての小栗上野介。引き立てられる姿に村人たちは涙を流す。小栗の殿様はよくしてくれた、なんぞ罪などあるものか。

官軍の命を受けたる諸藩の武士ら、すがりつく村人らを打ち払う。この男、勘定奉行として財を蓄え、陸軍奉行として兵器を溜め込んだに違いあるまい。放っておかば、新たな政府を脅かす朝敵とならん。これも不安恐慌に駆られた人の愚かさだ。

あと一日でも早く、江戸城が明け渡されたなら、助命の嘆願書も届いたであろう。しかし、非業のさだめは離れがたく。

「己はどうなろうと構わない。しかし、先に逃した家族は許してくれ」

それを末期の言葉とし、小栗の首は落とされる。

「ああ、若様、なんという」

悲報に触れたる利左衛門、居ても立ってもいられずに、一人、江戸から北へと駆けていく。道々に聞けば、小栗の言葉通りに家族は逃げ出し、会津を目指して今は越後を通っているという。小栗の父が新潟奉行であったから、その縁を頼っての逃避行だ。

「せめて奥方らを救い出し、若様の御恩に報わねば」

走る利左衛門。蓄えてきた銭を使いに使い、駕籠に早馬、人足を雇って、上州から越後に入るために三国峠を越えんとする。この峠こそ、先に会津藩と小栗の遺臣らが陣取り、官軍と激戦を演じた地であった。

「なんと無惨な。もはや峠を通る人の姿もなく、麓の宿場など全て焼き払われているではないか。負けた会津藩が、追手をまくために火をかけたのだ。幕軍も官軍もあったものではない」

孤影悄然、月夜の街道を利左衛門が歩く。江戸の泰平には賑わった宿場さえも、今や焦げた柱を残すのみ。村人らは粗末な小屋を建てて暮らしている。

ここで利左衛門、にわかに足を止める。さすがの健脚も年の衰えには勝てぬ。葦簀張りの小屋に立ち寄って、憔悴しきった村人に休息を乞う。

「や、このような時に悪いが、宿を取らせてもらえぬか。いや、ほんの数刻でも休めれば結構」

「へぇ、旅の方、そりゃ一向構いません。なにせ、こんな有様でも三国峠の宿場です。足を伸ばしておくんなせぇ。それにしたって珍しい、こんなご時世に何処へ行かれるので？」

「ちと世話になった方がおってな。先に上州に入った小栗上野介という方だが、まぁ、知らんだろう。その妻子が会津へ向かうというので、俺も道行きを援助せんと、後を追っているのだ。それこそ、こんなご時世じゃ」

話を聞く村人は頷(うなず)くが、ふと顔を曇らせる。

「会津へ向かわれるなら、これは気をつけなさいまし」

「無論じゃ、あちこちで戦もあろう」

「そうではございませぬ。ここから会津へ向かう道に、近頃、奇妙な化け物が現れるのです」

はて、奇妙な化け物、と利左衛門が繰り返す。

「夜道を歩いておると女がおりまして、我が子をおぶってくれまいか、などと言ってくる。引き受けてみれば、背のものが次第に重くなり、そのうち押しつぶされてしまうのです。ここらでは、その妖怪(ようかい)をバロウ狐とかバリヨンと言っております」

妖怪を恐れる村人だが、利左衛門はこれまで金勘定で身を立てた理知の男だ。大方、山道で疲れて動けなくなるのを妖怪の仕業とした、迷信の類(たぐい)だろうと思った。

急ぐ利左衛門に恐れなどなし。束の間の休息を終えれば、夜の内に宿場を発って、会津を目指して街道を行く。

風は冷たく道も寂しげ。水涸れの田畑に厚い雲。転がる小石に蹴躓き、なおも利左衛門は先を行く。ふと入った脇小道、ささやく声が耳に入る。

「そこの方、そこの方」

「誰ぞ呼び止める、急ぎの道ゆえ要件あらば手短に頼もう」

さっと振り返る利左衛門。アッと声を漏らしたのは、薄暗い藪の中に女人が一人で立っているからだ。

「どうか、これを背負ってくれまいか」

そう言うや、女人は胸元で抱くものを差し出してくる。赤子ほどの大きさの包み布団。

さては、これこそ妖怪変化、よもや真に出ようとは。されど豪胆の者か利左衛門。

「先も言うた通り、急ぎの旅じゃ。早うせい」

包み布団を引っつかみ、さっさと背におぶる利左衛門。アッと手を出す女を無視し、明かりもない小道を駆けていく。

そよぐ草木も利左衛門が通れば、ごう、と揺れる。

すると次第に背のものが重くなってくる。やはり噂の妖怪か。迷信の類かと思ったが、いるならいるで構うまい。やがて並の人間なら押しつぶされるような重さとなったが、利左衛門の筋張った足は次の一歩を踏む。

利左衛門は生まれて此の方、とかく体は頑健だった。ゆえに武家も商家も問わず、奉公に出てはまめに働き、東奔西走してきたはずだ。今こそ、この体の使い時だ。

ダン、と利左衛門が足を動かす。すると背のものが、にわかに動いたような気配がある。

「待て、待て。何をそんなに急ぐ」

背からの声だ。さては狐狸の類、慌てふためき声をかけたか。

「急ぐのだ。なにせ恩に報いねばならん」

「恩とはなんだ」

「俺は知恵もなければ身分もない。商家で銭を蓄える術は学んだが、武家の生き様を学べたのは、その方と出会ってこそだ」

次第に重くなる包み布団。いっそ投げ出しても良かったが、これを捨てれば、何か大事なものを無くしてしまう気がした。よって利左衛門、耐えに耐えて歩いていく。

「その方は惜しくも亡くなられたが、まだ家族がおられる。俺は、少しは銭の蓄えもあるからな、その家族を迎えに行くのだ。安穏無事に暮らしてもらうのだ」

背にあるものから声はない。どうせ狐狸妖怪に語って聞かせても無為なこと。利左衛門はそう思ったが、ある時、フッと背が軽くなった。

よもや落としたかと焦ったが、どうやら様子が変だ。足を止めて振り返ると、これまでおぶっていた包み布団が宙に浮いている。

「利左衛門、利左衛門」

包み布団から声がし、利左衛門の名を呼ぶ。いかな怪異かと目を凝らして見れば、ハラハラと布が解けていく。

「かほどに恩を感じてくれようとは」

ハラリ、最後の一枚が落ちれば、そこに人間の生首が浮かんでいた。しかし、利左衛門は驚くよりも涙した。

「ああ、若様」

その首こそ、もう幾分も前に斬首された小栗上野介のものだった。

「家族を頼んだぞ、利左衛門」

そう言い残し、首は天へと昇っていく。利左衛門は小道に伏しつつ、高く夜空を飛ぶ小栗の安らかな顔を見た。狐狸の類にあらず。首だけとなって、胴体の方へと戻っていく幽霊であった。

やがて首も見えなくなった時、空からパラパラと降るものがある。何処からのものか、大判小判が降ってくるではないか。

「これは摩訶不思議な。しかし、これも若様の遺志と受け取りましょう」

大量の小判を受け取った利左衛門。熱い涙を拭いつつ、小栗の家族を助けんと再び走り出す。

＊

シャン、と錫杖が鳴らされた。

それまで湖月の〝語り〟によって表された世界が遠ざかっていく。戊辰戦争時の三国峠から、神田川を臨む紅梅河岸へと戻ってきた。宵闇の情景だけが同じで、見える月も、吹く風も全く異なっている。

この感覚は平島には慣れたものだが、初めて湖月の芸を観る者にとっては不思議に思うだろう。

シャン、と区切りの音。

「さて、ここで少しばかり休憩といたしましょう」

湖月が優美な笑みを浮かべ、周囲の人々を見回していく。程よく耳目を集めたところで、キン、と錫杖を振った。

「今の〝語り〟にては、いくらか奇妙なオチとなりました。首が浮かんで小判が降ってくる。お題を無理に繋げたゆえでしょうか。いえいえ、これは単なる説明不足」

シャン、シャン、と再び錫杖で拍子が取られていく。

「話に出ました妖怪は、今は新潟で語られるもの。三条あたりではオバリヨン、バロウ狐と名付けられたものですが、似たものに徳島のオッパショ石や、会津のオボ抱き観音の話などがあります」

湖月が話すたび、周囲の闇が濃くなってくる。まさに宵へと入っていく時間だ。

「これらの話に共通するのは、道端で赤子なり石なりをおぶってくれ、持っていてくれと言われ、次第に重くなっていくというもの。代わりに、それに耐えた者は剛力に恵まれる、または持っていた赤子が金塊に変わっていたなど、幸福を得る物語となっています」

ただし、と湖月の口が妖しく開く。

「今の〝語り〟は単なる妖怪退治譚にあらずして、その裏には人の作為と仕掛けもございます」

シャン、キンと拍子が激しくなっていく。雑踏の騒がしさがあるはずだが、今となっては湖月の声と錫杖の音しか聞こえない。

「よって、これよりは〝語り直し〟にて。利左衛門が何を手に入れたのかを語りましょう」

シャン、と音が高く響いた。

＊

利左衛門が上州に到るより数日も前のことだ。

闇夜に沈む高崎城。今宵は新月、城の白壁に映る影もなく。騒がしくした官軍も去り、藩士らも束の間の平穏に眠気を覚える頃だ。

　今、若者が二人、番兵の目を盗んで城内から出てきた。塀を乗り越え、タッと立つ。互いに頷き、足音も立てずに走り去る。その背には一つの包み布団があった。

「やぁ、上手くいったな」

　それより半刻ほども後、烏川のほとりで二人が落ち合う。サァと柳が風に揺れる。人目を忍び、草むらに腰を落ち着け、無事に運んできた包み布団を下ろす。

　ハラリ、覆いの布をほどけば、そこに武士の首級。まさしく、先に処された小栗上野介の首であった。

「ああ、なんて、ひでぇことしやがる」

「なんの罪があるってんだ」

　若者二人、小栗の首を前に涙を流す。誰あろう、彼らこそ、小栗が終焉の地とした権田村の者たちであった。

「小栗の殿様は、俺らに学問を教えてくださった、そりゃ立派な方だ。そんなお人が、まるで罪人、河原で首を斬られて晒されてよ。ええ、そのままにしておけねぇやな」

　なんと勇気のあることか。権田村の若者らは、高崎城に送られていた小栗の首を見事に取り返した。本来ならば、この後に高崎から館林藩へ首が送られる予定だったが、これでは偽首でも差し出すほかあるまい。

「しかし、ここからが大変だぞ。この首を小栗様のご家族に渡してやりてぇが、難儀な道行きになるだろう。まず、どこへ行けばいいのやら」

「そうさな。ちょうど、小栗様のご家来衆が三国峠あたりにいると聞いた。なんとか追いついて、取り次いでもらおうじゃないか」

よし、と掛け声。若者らは立ち上がり、一人が首を布に包んで背に負った。旅というには悲壮に過ぎる、主君の首を背負っての北行、その始まりだ。

しかし、旅慣れぬ村暮らしの若者たちだ。次第に足も重くなる。

「いや、参った。峠道がこれほど険しいとはな」

「しかし、急がねば。何日もかけようものなら、大事なお首も腐り落ちてしまうぞ」

木陰に休む若者二人。街道を歩く人の姿もない。

「いっそ誰かに託したらどうだ。峠道に慣れている地元の者ならば、俺らよりずっと早いぞ」

「待て待て、大事なお首だ。どう頼むってんだ」

「素直に小栗様を知る者に届けてくれ、と言うのだ。人を信じようではないか。お前は小栗判官を知らんか。餓鬼阿弥は見知らぬ人々に車を曳かれていくのだ。功徳を積むといってな」

一人の説得に、もう一人が頷く。一昼夜を北へと駆け続け、もはや精も根も尽き果てていた。

「頼むなら、せめて女人がよかろう。少なくとも、官軍ではないからな」

そんな言葉を吐いてすぐ、街道を行く行商の女人があった。呼び止めてみれば、三国峠を越えたところの宿場に行くという。

これ幸い、若者は包み布団を女人に託す。

「何より大事なものだ。峠の先にいるだろう、小栗上野介様を知る者に渡してくれ」

女人もまた頷く。若者たちの真摯な願いを聞き届けんとした。

さて、かような話を聞く由もなく、三野村利左衛門が三国峠を越えてきた。

荒れ果てた宿場に一人、利左衛門が小屋に足を止めて休みを乞う。

「今宵、宿を取らせてもらいたい」

で、小栗上野介に恩があると口にした。その主人との問答
これを耳に挟んだ女人がいる。つい先頃、街道で若者らから包み布団を受け取った行商人だ。

「おや、今しも小栗上野介と仰せになった。さては、あの方に渡してくれということか」

包み布団を抱えた女人、密かに利左衛門を追っていく。やがて小道で追いつけば、声をかけ、その胸に抱えたものを差し出した。

「そこの方、これを背負ってくれまいか」

すわ妖怪かと身構えた利左衛門。それでも包み布団を受け取り、急ぎの道だと駆けていく。

やがて、いずれの時か、ハラリとほどけた包み布団。

この段となって、ようやく利左衛門、自らが抱えてきたものを知る。地に伏し、涙し、恩人への感謝を述べていく。

奇妙不可思議な縁なれど、かくて小栗上野介の首は、利左衛門の手によって届けられた。

しかし、首はいかに黄金へと変わったのか。それもまた、利左衛門が小栗の家族らと出会って後のこと。

「三野村様には、かねてよりお話ししたきことがございました」

会津に辿り着き、小栗の首を渡した利左衛門。その彼に向けて、小栗の妻が言う。生前の小栗が家人にのみ伝えた秘密であった。

「赤城の山に千両箱を隠してございます。何年も前より、密かに上州に運んでいたものですが、いずこより持ち出したものかは、ついぞ誰にも言いませんでした。ただ利左衛門ならば、これを新しき世のために使えるだろう、と、幾度も口にしておりました」

小栗の妻よりの言葉を受け、利左衛門は一人、赤城の山へと踏み入っていく。その先にあるものは、未だ誰も知らざるもの。

この後、利左衛門は小栗の家族を迎えることとなった。自らの別邸に匿い、自らが没するまで面倒を見たという。

さて、官軍が作った新政府であったが、さすがに利左衛門には手出しができなかったとみえる。なにせ彼こそ、あの三井家を支えた張本人だ。どこで蓄えたものか、その莫大な富を使って、彼は三井銀行を設立し、政府の財政に口出しできる立場ともなった。

不思議なこともあろう。勘定奉行たる小栗上野介が支えた幕府の富は、三野村利左衛門に運ばれて、新政府へと受け継がれた。

世に〝徳川の隠し金〟と名付けられたものは、今や銀行の金となって天下万民の間を巡っている。金は天下の回りもの。隠すとも、隠さざるとも。

7

シャン、という音が鳴って、物語の終わりが告げられた。

「これにて話のキリとなりました」

深々と頭を下げる湖月に、それまで聞き入っていた群衆がワッと色めき立ち、口々に掛け声で褒めそやす。平島が拍手を送れば、それに釣られて何人かが同じように拍手を真似た。

「では、お気持ちの一つでも」

そう言って、湖月が足元から鉢を持ち上げる。これまで熟練の技を見せていた年少浪曲師は、稚気溢れる笑顔を浮かべて、人々の間を縫っていく。芸に満足した人々が銭貨を投げ入れる中、平島も財布を取り出して準備をする。

すると、平島の前まで来た湖月、にわかに耳打ちをするように口に手を添え、その小さな頭を近づけてくる。

「お兄さんはまた後で。何か話をしにきたのでしょう？」

ああ、とか、うん、といった言葉しか出てこない。平島は財布を握ったまま、人々の間を意気揚々と歩く湖月の背を見た。

*

それより数分も経てば、周囲はすっかり暗くなった。中央本線を走る電車が前照灯で闇を裂いて、ゆっくりと御茶ノ水の駅舎へと滑り込んでくる。

既に周囲にいた人々も立ち去り、あとには平島と湖月だけが残っていた。

「元雪さん、来てくれたのですね。嬉しい」

湖月は片付けの途中で、今も背を向けたまま。鉢に入った貨幣を数えて、今日の稼ぎを帳簿につけている。

「約束したから」

ふと湖月が振り向いた。ニヤ、と艶(つや)っぽい笑みが送られてくる。どことなく、イタチがネズミをいたぶる時の顔にも見えるが。

「ところで、さっきの話はいずこで聞いたものです？　別に狐狸(こり)妖怪の話ではないのでしょう。なんとも奇妙不可思議ですが」

「それなんだが――」

と、平島は今日一日で見聞きしたことを湖月に伝えた。

特に堀井家の屋敷で起こっている二つの事件、幽霊の目撃と突如として現れる砂金の謎を事細かに話した。口下手なのは変わらずだが、湖月相手だと普段より饒舌(じょうぜつ)となった。

「なるほど、それで浮かぶ生首と」

「ああ、何か、君の口から語ってもらえれば、手がかりになるかと思った」

「というより、別に事件でもないと思いますよ？」

え、と平島。びっくりと疑問の声だ。

「簡単です。幽霊の犯人は猫なのです。堀井家で飼われている猫、あのヨコヅナ君です」

「そうなのか？」

「はい。あのヨコヅナ君はハチワレ猫で、その顔は、遠目には分けた前髪を垂らした人のようにも見えてしまう。もし、暗い部屋で、高い棚の上などで寝ていれば、ちょっと首だけが浮かんでいるように見えることでしょう」

そう言って、湖月は自身の前髪を左右に分けてみせる。目が覆われ、鼻筋だけが見える顔は、たしかにヨコヅナが目を瞑った時と似ていた。

「さらに聞けば、幽霊が目撃されるようになったのは最近とのことで、まさしく猫が帰ってきた後です。幽霊を見たという使用人の方々も、新しく雇われたというではないですか。つまり、ヨコヅナ君を見慣れていない人たちが、勝手に人間だと思い込んだ」

なるほど、と平島。今回も湖月から話を聞くだけで、あっさりと事件が解決してしまった。

「はて、しかし」

だが、ここで平島は奇妙な齟齬を感じた。幽霊を見た人物の中で、そのような誤解をしない者がいるはずだ。

「そうだ、照子さんだ。彼女は昔からヨコヅナと過ごしている。暗闇であっても見間違えるはずがない。そんな彼女が、幽霊が出たと言って――」

その時のことを思い出し、平島は不意に恥ずかしさを覚えた。その瞬間こそ何も思わなかったのが、湖月に話そうとしたところで、むず痒い思いが湧いた。

平島の様子に気づいたのか、それとも持ち前の悪戯心か。湖月は目を細め、面白そうに唇を尖らせた。

「元雪さん、わかりましたよ」

一歩、湖月が平島の方へと近づいた。

「その照子さんという方は、幽霊を見て、きっとこうしたのでしょう」

スッと、川面を這う霧のように、湖月が音もなく平島に迫ると、まず小さな両手を彼の胸に当てる。次に顔を寄せ、自ら抱かれるように頭を預けてきた。

ほの甘く、かつ重い、蠱惑的な香りが匂い立つ。

「元雪様、元雪様」

胸元に収まった湖月が身じろぎすれば、着物の擦れる音が平島の総身に伝わる。不安げな声を出し、湖月が顔を上げる。その瞳を潤わせ、桃色の唇を向ける。

「今、あそこに幽霊がおりましたの。助けてくださいまし」

ここで平島の止まりかけた心臓が動き出す。ワァっと声とも息ともつかぬ音を漏らし、思わず両手で湖月を引き剝がした。

「何を」

と、焦りつつ視線を送れば、湖月は身を離してコロコロと笑っている。

「あってました？」

「あってはいる、あってはいる、が」

「なら、そういうことです。きっと、その照子さんという方は、元雪さんのことを心から好いているのでしょう」

平島には湖月の言うことがわからない。何か独り合点しているようだが、てんで伝わってこない。

「つまり、一体」

「こればかりは、僕の口からは申せません。元雪さんご自身が、その方のお気づかれますよう」

そう言って、湖月は背を向ける。持ち物を整理し、この場を立ち去ろうとしている。何かを解決したようだが、元雪にとっては意味不明なことが多すぎる。

「そう、黄金についてもだ」

「それについては、僕もわからないのです。ちょうど時間となりました、続きはまた次回、といった具合いでして。まぁ、予想はできるのですが、実際に屋敷を見ないことには」

「ならば、都合が良い」

平島は湖月の背に呼びかけた。もう少しでも話したいと思えば、スラスラと言葉が出てくる。

「僕が君を紹介して屋敷に招こう。何より君は堀井男爵や夫人とも面識があるはずだ。ちょうど、今言った照子さんが結婚する。祝いの一席を披露すると言えば、いくらでも屋敷を見ることができるだろう」

一口に言い切った平島は、自分でも喋りすぎたと早くも後悔した。追い打ちをかけるように、振り返った湖月の声はどこか冷たい。

「なんとも、嬉しい申し出でしょう。もちろん引き受けさせていただきます」

射貫くような視線がある。笑顔ではあったが、口元から覗く犬歯に残酷さが滲む。

「元雪さんは、お優しい」

しかし、平島は気づかない。気づかないから、湖月に対する思いは増すばかり。

また会えるのだ、と無邪気に喜んだ。

8

すっかり夜となり、町の人通りも絶えてきた頃だ。

平島は浮かれ気分のまま、徒歩で堀井男爵邸を訪れていた。どうせ帰るべき下宿先は近いのだから、いくら遅くなっても構わない。

急な訪問は申し訳ないが、少なくとも幽霊騒動については解決した。だから、いち早く報告し、照子や堀井夫人を安心させてやりたい、というのが平島の言い訳だ。

（あの人のことを照子さんに伝えてもいいだろう。真鶸亭湖月といって、僕がファンをやっている人なのだ。この方を披露宴にでも呼んで欲しい、と）

話すべき言葉を脳裏に思い浮かべつつ、平島は富士見坂を越え、塀を辿って堀井邸の端へとやってきた。生け垣の向こうに薄暗闇に佇む洋館が見える。

（おや？）

ここで平島は、通りの前方に何者かが立っているのに気づいた。

街灯の下に人影がある。若い男性のようだ。彼は紙タバコを一吸いすると、夜に向かって煙を吐き出した。遠目だったが、そのギョロっとした目に平島は覚えがあった。

（あれは、呉松家の嫡男、雅高氏だったか）

不意に平島は足を止め、生け垣と電柱の間に身を隠した。大きな理由はない。このまま近づくと、また厭味を言われそうだったので逃げただけだ。

（彼がいるということは、伯爵が屋敷に来ているのか）

平島は体をひねり、生け垣の隙間から屋敷を覗き見た。明かりのともった屋敷から目を移し、木々に覆われた前庭を見る。すると二人分の影が石畳の上を歩いていた。

あれは、と平島が目を凝らす。

一人は着物姿の女性で、すぐに照子だとわかった。だから、その隣を歩く羽織姿の老人は呉松伯爵だろう。

「照子さん」

暗闇に声があった。距離はあったが、平島の耳にも呉松伯爵の静かな声が届いた。

「今日はありがとう。二度も訪ねてしまったが、快く出迎えてくれて嬉しいよ」

「いいえ、私もお会いできて嬉しいですわ」

暗闇に二人の声がある。ようやく平島も、自分が出歯亀じみた覗き見をしていると気づき、咄嗟に顔を背けた。

（しかし、照子さん、随分と親密そうだ）

どうにも気が気でない平島は、再び首をひねって生け垣の向こうを見た。

　すると、照子が老人に体を預けるのが目に入った。伯爵も彼女を抱きとめ、名残り惜しそうに頬を寄せている。西洋風の別れの挨拶だろうが、平島の心中は穏やかでない。嫉妬心ではない。何か、説明のできない不快感がある。足の裏に痒みを覚えたが、いくら掻いても痒みの引かないような。

「それでは、またね」

　声が聞こえた。呉松伯爵は照子と離れ、門扉の方へと歩いてくるようだった。平島は彼らに見られないよう、より深く身を隠した。

「はい、またお会いできる日を心待ちにしております――」

　呉松様、と照子は言った。

　門の開く音にまぎれ、その返事は平島には聞こえなかった。照子は名残り惜しそうにしていたが、やがて背を向けて屋敷へと戻っていく。

（呉松伯爵が出てきたが）

　相変わらず隠れたまま、平島は呉松伯爵を観察していた。

　呉松伯爵は堀井邸前の通りを渡り、街灯の下で待つ青年へと近づく。雅高青年は、一体どんな気持ちで父親が婚約者と会うのを待っていたのだろう、と平島は思った。

（挨拶すべきだろうが、こんな状況で会うのは気まずいな）

　物陰で平島が悩む最中、向こうは何事かを話し合っているようだった。いくらか声を潜めているが、それでも二人分の声が届いてくる。

「余作の旦那、首尾はどうだ。今度こそ見つかったかい？」

はて、と平島。

雅高青年の声だ。呼びかけた相手がわからない。近くに別の誰かがいるのかと思った。

「雅高君、外では父上と呼んでくれ」

「ああよ、呼びたくはないがな。僕はアンタほど役者じゃないんだ」

奇妙なやり取りだ。そう思い、平島は二人の会話に耳をそばだてる。

「早く〝隠し金〟を見つけてオサラバしたいね。なぁ、父上」

あっ、と驚きの声が出そうになる。平島は必死に息を止め、唾を飲み込むことすらできなかった。

「私は、本心から結婚の日を待ち遠しく思っているよ」

その言葉を最後に、呉松伯爵たちが去っていく気配があった。平島は電柱の間から顔を出し、二人の背を確かめた。

その瞬間、街灯の光に照らされたものがあった。老人の着る羽織の背紋に、複雑な白い意匠がある。遠目だから、平島にもそれが何であるかの自信はない。しかし、もしかすると、という思いだけが溢れる。

呉松伯爵の背には、二匹の百足が絡み合う紋があった。

第四話　当世巌窟王（がんくつおう）

1

明け方から降り続く冷たい雨。夕刻の空は暗く重苦しい。

大粒の雨が広間の大窓を叩(たた)いている。春雷が閃(ひらめ)けば、暗雲を光が裂き、やや遅れて地獄めいた轟音(ごうおん)が屋敷を揺らす。婚礼の場としては、あまりにも不吉であった。

部屋の隅に立つ平島が周囲を見回す。

バロック調の長椅子に座るのは、黒留袖(くろとめそで)の堀井夫人とイブニングドレス姿の影子。あちこちで談笑する者たちは、生前の堀井男爵と付き合いのあった社交界の面々。また雇われた職業使用人と、今夜のために呼ばれた写真師、そして飼い猫のヨコヅナ。

しかし、この場に主役たる二人はいない。

花嫁となる堀井照子と、夫となる呉松伯爵は、今は〝上野介館(やかた)〟で婚姻披露の準備をしているという。件(くだん)の別館は巨大なホールが一部屋あるだけだから、まさに教会の如く扱えるだろう。向こうの用意ができ次第、一同揃って離れに移動し、西洋風のパーティーで二人を祝福することになっている。

「お兄チャマ、緊張されてますの？」

ふとソファに腰掛ける影子が話しかけてくる。妹の無邪気な言葉に返事もせず、平島は小さく首を横に振った。

これは祝いの席だ。不幸など起こりうるはずがない。

しかし、どうにも不安が残る。体が強張る。何か悪いことが起こるのではないか、という考えが溢れてくる。

麗しき花嫁と、背に百足を這わせる老人。仕組まれた結婚。舞台は怪奇趣味に彩られた洋館。そして探偵。これだけ要素が揃っていて、物語が起こらないはずはないのだ。

カッ、と遠雷の光があった。

遅れてきた雷鳴の響きに合わせ、広間の扉が勢いよく開かれた。

「照子様が！」

そう言って、使用人の女性が駆け込んできた。何事かと人々が騒ぎ出す。彼女は「とにかく来てくれ」と言うばかりで、まったく要領を得ない。ただ使用人の青ざめた顔を見て、誰もが只事でないと悟り、全員でにわかに駆け出した。

これでは筋書き通りではないか、と平島は思った。

客人たちが駆けていくのを平島が後から追う。広間を出て、薄暗い渡り廊下を通る。外に出れば雨粒が体を濡らすが、冷静さを欠いた人々が気にすることもない。

「あれ！」

最初に声を出したのは影子だった。

渡り廊下の途中、ちょうど〝上野介館〟が目に入る位置だった。影子は館の格子窓を指差すと、そのまま雨除けの外へ出て、ドレスが濡れるのも構わずに、中庭を横切って建物へと近づいていく。

「照子さん！」

悲痛な声だった。

影子を追って何人かが〝上野介館〟へと近づく。平島もその一人だから、妹が何を見たのかも理解できた。

「そんな、なんで」

外側から窓に手をついて、影子がひたすらに叫んでいる。

館の中が赤く灯っている。石油ランプに灯された小さな火がホールを照らしていた。雨夜の暗さに際立って、窓の外からでも内部の様子がありありと見えた。

「ああ」

これは平島の呻きだ。

確かに予想通りの光景だった。しかし、頭で考えていたよりも遥かに凄惨で、ずっと美しかった。

「照子さんが、死んでいる」

窓から見えるホールの中、仄かな明かりに照らされて、顔を白くさせた照子が仰向けで倒れている。その首元にはナイフが転がり、純白だったはずのドレスが朱に染まっていた。

　花嫁は死んだのだ。

　ドレスの細やかな繊維に沿って、赤いものがジワジワと広がっていく。血の池に浸った紙舟のように、命は暗く湿った場所へと沈んでいくのだ。

「花嫁が死んでるぞ！」

　絶叫があった。平島が振り返れば、そこで写真師が頭を抱えて怯えていた。

　張り詰めていた糸の、最後の一点がプツンと切れた。人々に恐怖が伝播する。影子が血の気を失い、その場によろめいたのを平島が支えた。

「照子さん！」

　少し離れたところから、さらに男性の叫び声があった。

　声に気づいた数人がそちらに向かった。平島もまた影子の肩を抱き、その場から離れるよう促した。

「照子さん、開けてください！」

　館の壁沿いに渡り廊下側へ戻れば、ちょうど別館の玄関脇だった。ここまで到れば、声の主が誰なのかもわかった。

「照子さん、開けてください！」

　ドンドン、と〝上野介館〟の扉が叩かれている。力を加えれば折れてしまうような老いた手だ。紋付き姿の老人が、喉を嗄らして照子の名を呼ぶ。その背を這う二匹の百足しい。

が濡れていた。

「呉松様、鍵を！」

後方から男性の使用人が走ってくる。その手に鍵が握られているから、あれは玄関扉のものだろう。どうやら平島たちが来るより先に、別の使用人にも指示を出していたらしい。

「早く、このままでは照子さんが！」

呉松伯爵の必死の声に、周囲の者たちも息を呑む。騒ぎ立てることはないが、総毛立つ気持ちで、扉を開けようとする使用人を見守っている。

人々から少しだけ離れ、平島は冷静に今の状況を観察していた。

（実に単純なシナリオだ）

呉松伯爵と照子は、数人の使用人と共に〝上野介館〟で披露宴の準備をしていた。しかし、何らかの機会に照子が一人となり、内側から鍵をかけた。

（そして彼女は死んだ。何者かに殺害されたか、あるいは自害した。自害の方が理由もつけやすいかもしれないな。本心では結婚を悩んでいて……）

まるで他人事のような推理だが、こればかりは仕方ない。

極度の緊張のせいで、平島は自分が夢を見ていると思っている。こうして起きている出来事は、単なる絵空事だと、必死に言い聞かせていた。

だから、この次に見た光景にも表情を変えずにいられた。

「照子さん！」

ようやく使用人が鍵を開けた。呉松伯爵が中央に立ち、勢いよく観音開きの扉を押し開く。この場の全員がホールの様子を確かめた。

そして、まず誰もが沈黙した。

「どうして……」

ややあって影子の声。次いで呉松伯爵が呻く。他の客人や使用人も困惑し、何を言うべきか言葉を失う。

ただ一人、平島だけが平然と進み出た。

「なるほど」

呉松伯爵の頭上越しにホールの様子が見える。ただし、そこに照子の無惨な死体は存在しない。ランプだけが灯っており、他には何もない無人のホールだった。

「花嫁の死体が消えましたね」

平島が呟(つぶや)いた瞬間、雷の閃光(せんこう)が周囲を照らした。

2

かくの如き事件は未(いま)だ起きておらず、時はそれより二週間ほど前に戻る。

ここ数日、平島は悶々(もんもん)たる夜を過ごしていた。

桃源荘の自室で眠ろうとしても、必ずチラつく光景がある。あの日の晩、堀井邸の前で呉松伯爵と雅高青年を見かけた。その二人の会話に不可解なものを感じた。

（彼らは堀井男爵の〝隠し金〟が目当てなのか？　そのために照子さんを利用しているのか？）

さらに思い返せば、どうも雅高青年と伯爵のやり取りが不可解だ。

（余作の旦那（だんな）などと、まるで他人のようだった。あれは呉松伯爵になりすました別人なのか？　何者かが堀井家を狙っている？）

どうも平島の心中は穏やかではない。

（そもそも堀井男爵が殺されたことさえ、偶然の出来事なのか？　実は、あの者らは強盗団で、最初から狙われていたのではないか？）

路上で刺殺された堀井三左衛門男爵。世間に噂される〝華族殺し〟の被害者。今まで平島が解決したいと願っていた事件が、こうして舞台の背景としてせり出してきた。

しかし、いざ場面として現れると、大根役者たる平島には台詞（せりふ）も思い浮かばなければ、なすべき仕草もできない。アドリブで展開を回すことなど不可能だった。

（それでも僕が聞いたことを照子さんに伝えたら、きっと事態が動くだろう。あるいは呉松伯爵家に問い合わせて事実を確かめることもできる。だが、それで解決できるだろうか？）

照子のことだから、平島の言葉を疑いもしないだろう。しかし、相手の出方次第では取り返しのつかないことになる。詐欺師を相手に口で打ち負かされれば、平島は面目を失い、照子は要らざるゴシップに巻き込まれ、心に傷を負うだろう。

かといって呉松家に問い合わせるのも無理筋だ。嫡男が加担しているのだから、家の方にも仲間がいるかもしれない。その結果、悪事に気づかれたと思い、どうとでもなれとばかり、彼らは堀井邸へ押し込み強盗をしかけるかもしれない。

(何より、あの呉松伯爵の正体がわからない)

呉松伯爵の背に張り付いた、あの二匹の百足の紋が忘れられない。単なる見間違えだろうと自分に言い聞かせても、どうしても不吉な感触が拭いきれない。

「ムカデ伯爵だ」

平島は天井に向けて呟いた。

以前、バスガールの新庄千草が死んだ事件で聞いた怪人物。その正体は百足の紋をつけた老人だという。単なる連想で済めばいいが、あの呉松伯爵こそムカデ伯爵なのではないか、という予感がある。

「ならば照子さんも、新庄千草のように」

ゴポ、と天井が黒い水面となって泡を吹いた。

平島の視線はカンテラの光となり、澱んだ天井をたゆたう白い影を見た。それは照子の死体だ。目は見開かれ、美しかった顔は死の恐怖に歪んでいる。粘性の膜に包まれた水死体に、左右から鉤が伸ばされていく。やがて死体は引き揚げられ、仰向けに寝る平島の横に並べられた。

目を細めると、それだけで照子の姿は消えた。全ては脳裏をよぎる妄想だ。

「照子さんを、守らなければ」

取り返しの付かない事件が起こってからでは遅い。そして向こうに気づかれてもいけない。静かに慎重に。今はただ、呉松伯爵のことを調べなければ。

平島はそう決心し、まずは友人の錦方太郎を叩き起こしに行った。

*

翌日の夕刻、平島は浅草の喫茶店にいた。

近頃は日本橋や銀座も人気だが、やはり人の賑わいにおいては浅草の右に出る土地はない。窓側の席だから、ちょっと見るだけで人通りの騒々しさが目に入る。

芝居も活動写真も大いに栄え、道の左右に絢爛な幟がはためく。紳士も淑女も、芸人もゴロツキも、薄汚い子供も胡散臭い大人も、街の陽気にあてられてか、誰であれ顔が弛緩している。

「ねぇ」

ここで平島を現実に引き戻す声。喫茶店の店内は大勢の客で騒がしかったが、それでも彼女の声は良く響いた。

平島の対面にいるのは、あのバスガールの高村あぐりだった。

「どうかな。形見分けで貰ったんだけど」

あぐりが着物の袖を広げてみせる。黄色地に手毬文様の銘仙だ。普段の制服とは趣きが異なるが、彼女の明るい性格とも合っているようだった。

と、平島は思うが別に声に出さない。小さく頷くだけだ。

「千草は似合わないから、って、あんまり着なかったヤツだけどね」

誤魔化すような笑い声が続く。それが空元気なのは、さすがに平島でも理解できた。

「親しい友人だろう。君に着て貰えるなら、嬉しいはずだ」

「うん、ありがと」

口下手な割に大事なことはスッと言う。平島にとっては無意識のことだった。あぐりも顔を伏せ、恥ずかしそうに卓上のソーダ水に口をつけた。息を吹き込んでいるのか、ブクブクと泡が立つ。

「それで、今日は――」

「それで、話ってなんなの？」

二人の声が重なる。もちろん譲るのは平島の方だが、彼があぐりを呼び立てたのだから、黙っていては話が始まらない。

「まずは、来てくれてありがとう」

「ううん、それは別にいいよ。営業所まで来た時は驚いたけどね。でも何かあったんでしょ？」

「ああ、例のムカデ伯爵の話……、なんだが」

平島がそう告げると、あぐりは目を見開いた。テーブルから身を乗り出すようにして、その小動物じみた顔を近づけてくる。

「何かわかったの？」

「いや、わからない」

んぎぃ、と奇妙な声を出してから、あぐりは席に座り直した。

「確認したいんだ。僕が見た、ある人物の」

あぐりの反応を窺いながら、平島は懐から手帳を取り出した。堀井男爵からもらった土産の品は、こうして便利に使われている。

「この人物なんだが」

平島が、あぐりに手帳を差し出した。

開かれたページには老人の全身像があった。後退した白髪と、特徴的な頬の青痣もしっかりと描き込んである。また人物画と並んで、二匹の百足が絡み合う家紋も大きく抜き出されていた。いずれも平島が記憶を頼りに描いたものだ。

それこそ、先に堀井邸で見た呉松伯爵の姿だった。

「あ、この人！」

あぐりは手帳を握りしめ、ひときわ高い声を出した。

「見たことある。千草と一緒にいた時があった」

やはりそうか、と平島が一人で納得する。

過日に自身が見た呉松伯爵こそ、先に新庄千草と逢瀬を重ねていた人物だった。未だ誰も気づいていないが、あの老人には秘密がある。このまま堀井照子との婚姻を進めると、何か良くないことが起こる気がする。

よって平島は、誰に頼まれるでもなく呉松伯爵を調べることにしたのだ。探偵という意味では何よりも正しい動き方だ。

「この人物について、新庄千草は何か言っていたか？」

「えっと、なんだったかな。故郷の親戚って言ってた気がする。営業所に迎えに来てたことがあって、二人で仲良さそうに話してた。新潟の言葉かな、越後弁って言うの？　それで話してて。千草が方言で喋るの見たことなかったから、よく覚えてる」

平島が小さく唸った。

どうやら新庄千草は、件の老人を恋人とは紹介していなかったようだ。ならば重ねて確認する必要がある。

「実は、この老人のことを知る人物が、もう一人いる」

真剣な様子で平島が告げる。遠くへ合図するように手を上げると、それに気づいた男性が喫茶店の中を歩いてきた。

「いよいよ、俺の出番か」

ひたすらに縦に長い男が声をかけてくる。誰あろう、平島の友人たる方太郎だ。

「それで、元雪大先生よ。今日は可憐なバスガールに会えると聞いたんだが。まだ来てないのか？」

方太郎は手近な椅子を引き寄せ、無理矢理に同席してきた。勢いそのまま、出し抜けに失礼な物言いを飛ばす。だから平島は無表情であぐりを指さし、彼女は自信満々に己を指さした。

「え、嘘だろ！」

さて、この発言のあとに一悶着あったが、ここでは省いて先へと行こう。

「というわけで、俺が平島M事務所の調査員こと、錦方太郎だ。よろしく、可愛いお嬢さん」

「調査員ではないよ。友人だ」

平島のツッコミに方太郎がカラカラと笑う。その顔に新たにできた引っかき傷があるが、これは名誉の負傷だから言及しないでおこう。

「早速だけど錦君、君にも見てもらいたい」

平島は、先にあぐりに見せた手帳を方太郎にも差し出す。最初は何の気なしに見ていた友人は、やがて奇妙な事実に思い至り、怪訝な表情を浮かべた。

「これが、前に話した木下三雄氏だ。俺の茶の湯の同門で、あの新庄千草の恋人のだ。だが待ってくれよ、君は彼に会ったことはないのだろう？　前も不思議に思ったが」

無言でコーヒーを啜る平島に対し、方太郎が食い入るように詰め寄ってくる。

「え、そっちこそ待ってよ。木下って誰なの？　千草の恋人ってどういうこと？」

今度はあぐりが割って入ってきた。なんだなんだ、どういうことだ、と二人に迫られる。平島はどう話すべきか、必死に言葉を選ぶしかない。

「つまり——」

と、ようやく決心して平島は口を開いた。

あの年少浪曲師たる真鶸亭湖月が以前に話していた推理。今再び、それを二人の聴衆に向けて話した。これほど長く、一つの事柄を話したのは平島にとって初めての経験だった。

「じゃあ、木下氏こそムカデ伯爵なる怪人物だった」

「あのお爺さんが、千草の恋人だった」

平島の話を聞き、二人が聞き返してくる。湖月ほど流暢に話せなかったが、要点は伝わったようだった。

「多分、そういうことなんだろう。一人の人間の、二つの側面だ。ところで錦君は、この老人の経歴については知らないのか？」

ふむ、と方太郎は長い顎に手をやった。

「箒庵先生に……、ああ、俺の茶の先生な。この人に入門する時は、京都にある大店のご隠居だと名乗ってたよ。なんでも三井家に恩があると言ってたな。箒庵先生は三井の重鎮だったから、その縁なんだろう」

方太郎は考え込むように、今度は長い腕を胸元で組んだ。

「そうだ、こうも言ってたな。かつて三野村某って人物に世話になった、とか。その人物も三井に関係ある人らしくてな」

「三野村……、もしかして三野村利左衛門か？」

「おお、そうだ。すごいぞ元雪君」

方太郎が褒めてくるが、平島としては直近で得た知識だ。

三野村利左衛門という名は、それこそ湖月が三越の由来を語った時と、小栗上野介の話をした際にも登場していた。こうも連続すると、もはや奇妙な縁を感じる。

そんな感慨にふける平島をよそに、方太郎もウンウンと唸っている。どうやら彼も、あの老人の正体を訝しみ始めたらしい。

「木下氏は、なんとも上品な京言葉を話してたからな、誰も疑ったりはしなかったが。今にして思うと、どことなく怪しいな」

「なるほど」

と、平島は方太郎に預けていた手帳へ手を伸ばした。

（言葉もそうだな。新潟出身の新庄千草には越後弁、茶道の席では京言葉。こうも方言を使い分ける人物だ。単なる数寄者ではないぞ。これは他人に取り入るための、詐欺師じみた能力なのではないか？）

平島は自身の推理を手帳に書き込んでいく。その様子を見ていたあぐりが、ふとした疑問を口にした。

「それで、このお爺さんに何か問題あるの？」

「ああ。近く、この人物が僕の知り合いと結婚する」

普通に聞かれたから普通に答えた。

しかし、平島の予想に反し、あぐりは素っ頓狂な声をあげ、方太郎は飲んでいたコーヒーを噴き出した。

「待て待て、先に言い給えよ、君！」

「信じられない！　どういうこと！」

双方から響く怒号は止まず、平島は耳を押さえて嵐が過ぎ去るのを待った。

「いや、つまり――」

平島から〝つまり〟のおかわりだ。何らつまっていなかった証である。

とにかく、平島は一連の話を二人にも伝えた。照子との関係はややぼかしたが、概ね「幼馴染が政略結婚する」という筋で理解を得たようだった。

「おい、それはあれか、木下氏は偽名で、本当は呉松伯爵っていう人物で、年若い華族令嬢を娶るつもりだと！」

「千草と恋仲だったのに、それを捨てて別の女のところに行くつもりなんだ！」

方太郎とあぐりが、まるで平島を糾弾する如くに言い立ててくる。しかも、どういうわけか二人の息は合い、まるで餅をつくように言葉の応酬が始まった。

「わかったぞ、元雪君。木下氏改め呉松伯爵は、この婚姻が決まったからこそ、新庄千草に別れ話を切り出したんだろう」

「そういうこと？　だから千草は気に病んで、いっそ死んでしまえと川に身を投げたんだ」

「それならマシだ。得体のしれない男だぞ、今回の婚姻の障害になると踏んで、あの可哀想なバスガールを手に掛けたのかもしれない」

「うっそでしょ！　信じられない！　でも、きっとそう。だってムカデ伯爵だし」

怒濤の掛け合いを平島は耐えている。餅になった気分だった。

「二人とも」

やがて、やや勢いが弱まったところで平島が二人を制した。

「落ち着いてくれ。まだ確実なことは言えない。これではゴシップ記事と変わらない」

奇妙なことだが、怪しいと思った呉松伯爵を平島自身が庇っていた。ただそれは、善意から来るものではなく、もしかすると自らの見立てが間違っているかもしれない、という恐れによるものだった。

「呉松伯爵は、僕が続けて調べる」

平島の宣言に、ようやく二人は落ち着きを取り戻したようだった。平島の及び知らぬところだが、あぐりも方太郎も、彼の探偵としての能力を認めていたからだ。

「その内、婚姻披露の場に呉松伯爵が来る。その時、二人にも同席して貰（もら）いたい。僕から話を通しておこう」

それが平島にできる精一杯の提案だった。呉松伯爵の別の顔を知る者がいれば、どうにか事態が動くような気がしていた。

「僕に任せてくれ」

それだけ言い残し、平島は席を立った。喫茶店の代金を支払うつもりで会計に向かうのだ。この場から逃げたい一心からの行動だったが、残された二人は平島を去りゆく名探偵のように見ていた。

かくして平島の思惑の斜め下で、彼の名声は高まっていく。

3

平島が二人と出会った翌日、ちょうど照子から婚姻披露パーティーの招待状が届いた。

「この機会に我が友人二人を紹介したく……」

返事に方太郎とあぐりの出席を請う文面をしたため、平島は午前のうちに封書を投函（とうかん）した。

その足で上野の帝国図書館へ向かい、昼食を取るのも忘れ、平島は午後三時までひたすらに書物に当たった。やはり無意識の行動だったが、自然と探偵らしい動きが身に馴（な）

染んでいた。

「呉松伯爵の名を芳名録で調べよう」

前夜のうちに考えついた調査法であった。

そもそも呉松伯爵のことを平島は何も知らない。だからといって照子に尋ねるのは憚られた。なにせ心優しい照子のことだ。他ならぬ平島が婚約者を怪しんでいると知れば、深く傷ついてしまうだろう。

だから平島は、照子に頼ることなく呉松伯爵の経歴を調べようとした。その調査法の一つが、こうして図書館で公開されている芳名録、いわゆる紳士録を参照することだった。

（一応、呉松伯爵の名はあるが……）

図書館の閲覧室で一人、平島は書物をめくっては手帳に情報を書き写していく。

時間をかけて『日本紳士録』と『人事興信録』、そして『華族名簿』を見比べた。前者二つには呉松伯爵の名はなかったが、後者には伯爵の項目に「呉松静雅」という名があり、記載されている情報から該当人物だろうと推測できた。

（とはいえ、あまり信用できないな。平島家の項目に僕の名が残っているものもあれば、ちゃんと消されているものもあったからな）

こうした芳名録は華族についての情報を詳細に載せている。

名前と位階、家族構成に屋敷の住所、そして電話番号まである。悪用しようと思えば、いくらでも悪用できる代物だ。それをしないのは人々が素直なのか、それとも恐れ多いと思うからだろうか。

（もし、あの老人が稀代の詐欺師だとしたら、簡単になりすませるだろうな）

書物によれば、呉松伯爵家は藤原北家閑院流の旧羽林家だという。つまり平島家のような勲功華族や、堀井家の武家華族とも違う、維新以前から公家としての家格を持つ公家華族である。

住所は京都市内となっているから、すぐに確かめに行くこともできない。加えて言えば、同じ華族であっても東京の華族では歴史ある公家との伝手もない。一応、かつては貴族院議員を務めていたらしいから、その繋がりはあるだろうが。

「あ」

と、ここで平島に閃くものがあった。

＊

先に、平島の性質として「庶民らしい悩み」と「江戸っ子らしい短絡さ」と「華族らしい呑気さ」を併せ持つと評した。あえて、これらを換言すれば「思慮深く、しかして度胸があり、常に超然としている」となる。

まさしく探偵に相応しい性質なのだが、平島本人はそれに気づいておらず、ひたすらに無我夢中で体を動かしている。

さて、平島は今、千駄ヶ谷にある屋敷を訪ねていた。平屋建ての和風家屋だが、門から本邸まで瀟洒な庭園の広がる、上流階級の暮らす屋敷だった。

「もう、お兄チャマ！　待ってくださいまし！」

そこの廊下に影子の声が響く。先を歩く兄の背を追っていた。

「道案内は大丈夫だ。迷うはずがない」

はしたなくスカートを翻し、小走りで影子が平島に並ぶ。

「当たり前ですわ。お兄チャマの実家ですもの」

その通り、この千駄ヶ谷の屋敷こそ、平島が生まれ育った実家。つまりは平島子爵邸である。玄関から奥の間まで、目を瞑ってでも歩けるだろう。

「そうではなくて、いきなり帰ってきたと思ったら、父様に会わせろなどと言い出して。影子が頑張って取り次ぎましたのよ！」

「感謝するよ、影子。でも今の僕は平島家の長男としてではなく、市井に生きる探偵、平島元雪として面会に来たのだ」

平島は振り返ることなく、スラスラと自分の言葉で話している。その様が珍しかったのか、隣を歩く影子はパチパチと目を瞬かせていた。

「話は通してもらっているかな。僕が呉松伯爵について知りたがっている、という話だ」

「それは、ええ。父様に伝えてありますわ。照子さんの結婚のお相手ですわよね。その方と貴族院のお知り合いだったかどうか、お尋ねたしたいのだと。でも、どうして――」

「ならば結構」

有無を言わさず、影子を置き去りにして平島は廊下を歩いていく。この時間ならば、父である平島子爵は、離れに増設した書斎にいるはずだった。

ところで平島子爵についても、僅かばかり紹介しておこう。

この人物は平島の実父であるが、こと平島家の家業とも言える「騙り」においては名人だった。これまで貴族院の子爵議員を四期連続で当選しているのも、派閥政治の上手さを物語っている。

気性はせっかちで、また新奇なものを好む。必要だと思ったことには熱心だが、ひとたび興味を失えば迷いなく捨てる。あるいは華族の地位を重視しながらも、古臭い礼典などには固執しない。人に曰く、進歩主義が服を着て歩いている、といった人物だ。

だから、こういうことになる。

「結論から言うぞ、君の言う呉松伯爵はニセ華族だ」

平島が書斎に入るなり、平島子爵はこともなげに言い放った。

開襟シャツに眼鏡という出で立ちは、平島が家を出てからも変わりない。老け込むこともなく、五十六歳にしては十分に若々しい。

「それは、つまり」

意気をくじかれた平島が口ごもる。

思い返せば、この光景こそ普段通りだ。口喧嘩（くちげんか）で勝てなかったからこそ、平島は今の立場にいるのだ。

「言葉が足りなかったか。少し補足しよう。私の知る呉松伯爵は、今は五十歳くらいで、君の伝えてきたような老人ではない。最後に会ったのは六年も前だが、まだ髪はフサフサで黒かったぞ」

平島子爵は籐椅子（とういす）に腰掛けて足を組み、口ひげに手をやってからタバコを咥（くわ）え、マッチを擦る。いつものクセが変わることもない。変わったものといえば、タバコの銘柄がピースになったことぐらいだ。

「さらに付け加えておこう。昨年から呉松伯爵は病気で臥（ふ）せっている。また彼の長男である雅高氏は、私が言うのも何だが、金に意地汚い性格で、早く家督を譲って貰いたがっていたらしい」

「つまり」

「ニセ伯爵が、本物の長男を買収したんだろう。お互いに利があった。ニセモノの身元は本来の息子が保証しつつ、見返りとして家督を譲るような宣言をニセモノから出させる。それを周囲が認めれば、病床にいる本当の呉松伯爵は撤回もできず、無理矢理に隠居させられるのだ」

もはや話すことなどないとばかり、平島子爵はタバコの煙を優雅に吐き出した。

「この答えで満足か？」

こうなっては平島が聞くべきことはない。

むしろ知るべき情報を手早くまとめ、惜しみなく伝えてくれたことに感謝すべきだ。ただ、どうしても憤懣やるかたない。これが父親かと思うと平島にも怒りが湧く。

しかし一方、この数ヶ月で平島も成長したのだ。

「情報提供に感謝します。平島子爵」

今の自分は子爵の息子ではなく、ただの探偵として時間を取って貰っているのだ。平島は個人的な感情を捨て、仕事に徹することを選んだ。

それが功を奏したか、平島子爵は愉快そうに口角を上げた。

「もし父上などと言ってきたら、はっ倒してやろうかと思っていたが、よくよく弁えているらしいな。わかった、あと一つだけ質問していいぞ」

勝手に褒めて、勝手に笑っている。平島子爵の身勝手ぶりに溜め息が出そうになるが、平島は貴重な機会を逃さなかった。

「では、一つだけ」

話すかどうか迷っていた事柄があった。呉松伯爵に繋がる情報としては、あまりにも曖昧だったからだ。だが、あえて答えにくい質問をしてやろう、という思いが平島にはあった。

「三野村利左衛門をご存知ですか？」

む、と平島子爵が口ごもった。

「三井の大番頭だな。数十年も前の人物だが。それがどうした」

「実は、呉松伯爵はこの三野村利左衛門に世話になったそうで。友人の錦君が通う、茶道の先生に尋ねていたと」

「高橋義雄（たかはしよしお）氏だろう。三井財閥の重鎮で茶人としても有名だ」

全く知らないだろう話から披露したが、平島子爵は即座に自前の知識で合わせてくる。話を長引かせると、いつのまにか主導権を奪われかねない。

だから平島は、あまり考えなしに質問した。先手必勝だ。

「誰か心当たりはありませんか？　三野村利左衛門と縁のある者で、呉松伯爵が探しているような」

「私には心当たりはないが、君は運がいいな」

しかし、この勝負は平島の敗北だった。

「ちょうど、この後に私が会う人物が、まさに三井財閥の関係者だ。一緒に話を聞きに行くぞ」

は、と平島が声を漏らす。父である平島子爵がイヤらしく笑っていた。

*

平島邸の客間に、恰幅（かっぷく）の良い洋装の老人が入ってきた。

父である平島子爵が自ら案内してきた相手だ。礼を失してはならぬと、先に待っていた平島も立ち上がり、恭しく頭を下げた。

「や、益田鈍翁です」

む、と平島が反応する。いくら社交界から身を引いたとはいえ、その大人物の名は知っていた。

鈍翁の雅号は茶人としてのもの。その道では知らぬ者のいない大茶人だ。それで本名である益田孝といえば、三井物産を設立し、三井財閥の一翼を担った紛れもない重鎮である。三井の関係者と話すと聞かされて、この益田翁が現れるというのは、偉い坊さんを呼ぶと言って釈迦の直弟子が来るようなものだ。

「平島子爵のご令息の元雪様ですね。よろしくお願いします」

益田翁は人懐っこい笑みを浮かべ、西洋人のように握手を求めてくる。この辺りは平島も慣れたもので、しっかりと手を握って挨拶する。ただ一点、自分をどう紹介したものか悩む。

見れば、益田翁の後ろで平島子爵が睨みを利かせている。どうやら平島を試しているらしい。

「お初にお目にかかります。平島家の……平島元雪です」

持って回った言い方になったが、一応は家の者として名乗った。それを見る平島子爵も僅かに微笑む。どうやら対応に正解したようだ。ようは身内には他人として、他人には身内として名乗れということらしい。場合によって立場を使い分けることこそ、平島家の「騙り」の技なのだろう。

「元雪さんも、そう硬くなられず。私にとって、平島子爵は華族の先生なのですよ。先生のご令息とあらば、こちらが礼を尽くしましょう」

「いえいえ」

と、平島は着座しつつ推理する。

この益田翁は数年前に男爵位を叙爵されたはずだ。実業家として経済界に顔を利かす大人物でも、華族界隈(かいわい)では平島家の方が先輩である。よって平島子爵が、先達者として手ほどきするなどと言って、目ざとく近づいたのだろう。

こすいヤツめ、と平島が客間の隅に座る父を睨んだ。平島子爵は我関せず、今も口ひげをいじっていた。

「ところで、先にお話を伺ったのですが」

やがて一通りの挨拶を終え、互いに煎茶(せんちゃ)に口をつけ、茶請けの羊羹(ようかん)に手を伸ばしたあたりで益田翁が口を開いた。

「なんでも、三野村利左衛門と関係ある人物を探しておられるとか」

「ええ、ご存知ないでしょうか?」

ふむ、と益田翁が腕を組んだ。何やら感慨深げに息を吐く。

「実は、同じような質問を以前にもされたのです。護国寺の高橋君から、知人が三野村について尋ねていたと」

平島が肯んずる。その知人こそ呉松伯爵だろうと推理した。

「その時はなんと？」

「なんでも、その知人はこう尋ねたそうです。三野村利左衛門は生前、佐渡の与兵衛という人物について何か言ってなかったか、と」

与兵衛、と平島が小さく繰り返す。これまで聞かなかった新たな名だった。

「この話が私の方に来たのにも理由がありましてな。そもそも私が三井の人間になったのは三野村から誘われたからなのですが、生まれは佐渡の地役人の家でしてな」

益田翁は過去を懐かしむように、手元の羊羹に目を落とした。

「三野村と話したことのある人物で、かつ佐渡の出ということで、高橋君は私に聞いてきたようですな」

平島が眉をひそめる。どうにも佐渡という言葉が印象に残った。ここ最近で、何度かその土地についての話を聞いていたからだ。しかし、今は益田の話に集中すべきだ、と平島は思考を押しやる。

「それで、実際に三野村氏は何か言っていたのですか？」

「まさに、私自身が三野村と話したことがありましてな。もう数十年も前になりますが、ある時、三野村は私が佐渡出身と知り、佐渡に与兵衛という名の金持ちはいなかったか、と聞いてきたのです」

平島が頷くと、益田翁も言葉を続ける。

「それというのも、三野村は昔……、ちょうど維新の頃ですな、新潟で官軍に追われたことがあるそうで。進退窮まったところ、佐渡の与兵衛なる人物が現れ、大量の金子を使って道行きを助けたそうな」

「つまり、恩人の素性を尋ねた」

「いかにも。佐渡の金持ちということしか知らず、三野村も与兵衛が何者か気になっていたようで。ゆえに佐渡生まれの私に聞いたという」

どうやら益田翁も話し好きとみえ、それこそ講談を語るごとく盛り上げてくる。平島の周囲にいる人間は誰もが口が上手い。

「すると、私も父から聞いた話を思い出したのです。まさに奉行所にいた役人の一人が、たんまりと〝隠し金〟を貯め込んでいた、そんな噂話です。その者は賄賂として、鉱山で働く人足から砂金を少しずつせしめていたという。幕府へ送るべき金を盗むなど、まさに大胆不敵！」

「その者が与兵衛、と」

「いかにも。昔に聞いた話ですが、子供心に〝隠し金〟というものに惹かれ、よく覚えておったのです」

ヒョイ、と話の切れ目に益田翁が羊羹を口に入れ、実に美味しそうに咀嚼している。

「それで」

　ごくん、と益田が羊羹を飲み込んだ。

「その後、与兵衛がどうなったかといえば、これは名門武家に転身したとのこと。幕府につてのある三野村が援助の見返りとして、与兵衛を旧幕臣のお偉方に推挙したそうな。地役人から旗本になるとは、これは大したもの。いや、私の家もそうですが」

　これは益田翁なりの冗談だったらしいが、平島には通じなかった。彼はただ真顔で、与兵衛なる人物のことを考えていた。

　だんだんと平島も理解してきた。その与兵衛は上昇志向のある男で、幕府に顔の利く三野村利左衛門を利用し、自身の持つ資金力で名を買ったのだ。ようは系図買いの豪勢なものである。

（幕末の混乱期だからこそ、少しでも身分を良くしようと思ったのだろう。そういう意味なら、平島子爵家の初代も同類だな）

　ウンウン、と一人で平島が納得する。その無言の隙間を埋めるように、

「そういえば」

　と、益田翁が言葉を発した。

「この話を人にするのは、今回で三回目になりますな。二回目は高橋君でしたが、いや、奇妙な縁もあるもので」

「では最初は？」

　平島は尋ねつつ、卓上の羊羹に手を伸ばした。黒文字で羊羹を突き刺し、口元へと運

んでいく。

「三井のパーティーで会った方で、その方も私が佐渡出身と知って話しかけてこられた。佐渡の与兵衛を知っているか、と全く同じように。お名前は確か――」

平島は大口を開けたままに、益田翁の愉快そうな顔を見た。

「そう、堀井三左衛門男爵です」

「は？」

と、平島の手元に羊羹が落ちた。

4

平島は悩みながら、ゆっくりと富士見坂を歩いている。空は快晴だというのに、気分はあまり明るくならない。

（益田氏が話していた、三野村利左衛門と関係する人間）

頭に浮かぶのは、見も知らぬ与兵衛なる人物の影。

（それをどうして、堀井男爵が気に掛けるのだ？　いや、なんとなくだが思うものはある）

歩きながら、平島は自身の推理をまとめていく。

（幼い頃、僕は堀井男爵が語った〝百足の仁長〟で、初めて佐渡という土地の名を知った。男爵にとって、佐渡は大事な土地だったのか？）

　ここで平島は、堀井男爵家の経歴を思い出していた。

先に語った通り、堀井家の始まりは古く鎌倉時代に遡る。佐渡に配流された順徳天皇に付き従ったという。その後、江戸時代になって堀井家の本家筋は高崎藩へ移り、今の男爵家へと続いている。

（そう、佐渡だ。堀井家の遠祖は佐渡にいたのだ。では、その地に分家が残っていたのではないか。もしかすると、与兵衛こそ佐渡に残った堀井家の末裔なのではないか？）

　春の陽気に、富士見坂の桜もほころび始めている。風情ある景色だが、考え事をしながら歩く平島はそれどころではない。

（益田氏が言っていたではないか。与兵衛なる男は、三野村利左衛門によって旧幕臣のお偉方に推挙され、名門武家に転身したと。この推挙した相手こそ、高崎藩国家老となった堀井家だった。与兵衛にとっては先祖を同じくする本家筋だ）

　坂を上っていくと、当の堀井邸の門塀が見えてきた。

　今日は婚礼披露の前に照子と会う段取りとなっていた。方太郎とあぐりの二人を招いてくれたこと、その礼を直接伝えるためだった。

（もしも本家に跡取りがおらず、かつ金に困窮している時に、大量の金を携えた同族が現れたらどうなる。家を保つのが武家の道理だ。多少の経歴には目をつぶり、養子に迎え入れるだろう）

平島の脳裏に堀井男爵の姿が思い浮かんだ。

自らをニセ華族と称し、およそ華族らしからぬ振る舞いを繰り返していた人物。それは酔狂から来たものではなく、自らの経歴を嘲笑うつもりでの、どこか自暴自棄な行動だったとしたら。

(困ったことに、辻褄が合ってしまう)

与兵衛が戊辰戦争の頃の人物ならば、その子供は五十代ほどになろう。まさに堀井男爵と同年代だ。

(そういうことなのだ。堀井男爵こそ与兵衛の子で、元は佐渡の下級役人の家系だった。彼もそのことを知っていたのだ)

左手に堀井邸の長い塀を臨みながら、一歩一歩、平島は先を進んでいく。

(何より〝隠し金〟だ。与兵衛が蓄えた大量の金は、そのまま堀井家に受け継がれた。それが今や〝堀井の隠し金〟として、世間の噂になっているのだ)

重い足取りのまま、やがて平島は堀井邸の鉄門まで到る。あとは呼び鈴を鳴らせばいいだけだが、どうにも及び腰になってしまう。

(いや、全ては僕の妄想だ。どこにも証拠はない。こんなことを誰に言えるだろうか)

思考はグルグルと巡る。それと同期するように、平島自身も門の前でウロチョロする。

ここで一人の目ざとい使用人が庭にいた。気の利いた女性で、以前に平島を見かけていたから即座に客人だと判断した。だから彼女は何も思わず、鉄門を開いて不審者然とした平島を堀井邸に迎え入れた。呑気と言えば呑気だが、平島もそれに輪をかけて呑気である。

（では、呉松伯爵の目的は何だ？）

なおも平島の悩みは尽きず、半ば無意識に堀井邸の庭を歩き、使用人に案内されて館へと入っていく。

（彼は何のために堀井家に近づく？　単純なのは、堀井男爵が遺した〝隠し金〟を手に入れることだ。最初から与兵衛のことを知っており、その〝隠し金〟を探す過程で、三井の関係者を辿り、堀井家を突き止め、一人娘の婚約者となった？）

一つの真実が明らかになると、そこから膿のように不可解な事実が噴き出してくる。もはや思考で頭は一杯で、平島は自分がどこを歩いているのかも知覚していない。

（あるいは、どこかで堀井家の経歴を知り、それを確かめるために茶道の場で三井の人間に接触した。それを材料に単に取り入るつもりなら、うん、ありえるだろう。ニセ華族の呉松伯爵が本物の華族になろうとする。堀井家そのものが後ろ暗い過去を持つなら、いざ露見しても強くは出られないからだ）

さて、ようやく思考はまとまってきたが、未だに答えが出ないものもある。それが何よりも懸念すべき事柄だった。

（で、これを照子さんに伝えられるか？）

平島は首を横に振る。まだ確証がない。だから言えない。

（何か、もう少し調査してわかればいいが）

その時、不意に平島の耳に聞こえるものがあった。

いつの間にか、平島は応接間の前まで来ていた。その部屋の中から、ケラケラと女性の笑い声が響いてきた。

誰の声だろうか、と平島は訝しみつつ、当然のように応接間の扉を開ける。

「なんだ、これは」

まず目に入ったのは、ソファに腰掛ける照子の姿。

どういう事態なのか、彼女は腹を抱え、着物の裾をはだけさせ、目に涙を浮かべて笑っていた。あの長梅雨のごとき気性の照子が、はしたなく口を開けて大笑しているのだ。

「あ、お兄様！」

と、参上した平島に気づいたのか、照子は目を見開いてから、恥ずかしそうに口を押さえ、しゃなりと居住まいを正した。

「やぁ、照子さん」

そう声をかけた直後である。平島は先客がいることに気づいた。

「なんと、元雪さんではありませんか。どうしてこちらへ？」

凛とした声に平島が振り向く。

視界に入るのは、黒い透綾の羽織に藍鼠の袴。断髪に白い肌、ほんのりと潤んだ朱唇は蠱惑的な角度で。

「ご機嫌麗しゅう、真鶸亭湖月にございます」

ああ、と今度は平島が襟を正した。それを見る湖月がコテンと首を傾げる。

「いや、ちょうど会いたいと思っていたのだ」

この平島の言葉に、ふと照子が頬を赤らめる。彼女は平島が自分に会いに来たのだと勘違いしていた。

しかし、平島の本心はこうだ。

(悩んでいても仕方ない。湖月に話を聞いてもらおう)

平島と照子、二人共に言葉足らずは常のこと。勘の良い湖月だけが、困ったように頬を掻いていた。

＊

堀井邸の中庭で、湖月が洋式噴水を物珍しそうに眺めていた。

「先に言っておきますけどね、元雪さん」

背を向けたまま、湖月がいじけるような声を出した。

「なんでお前がいるのだ、などとお言いになったらイヤですよ」

「うん、言わない」

うふ、と湖月が小さく笑って振り返る。

「ただ一方で謝らねばなりません。僕が先んじて屋敷に入ったのも、元雪さんから紹介があったと伝えたからです。照子さんの婚姻という、めでたき場で一席披露したきと交渉に赴いたのです」

「うん、それも、僕が言い出したことだ」

湖月との出会いに、平島は疑問を抱かない。元より湖月は堀井男爵を知っているし、堀井夫人とも知己の間柄だ。屋敷まで入るのは初めてのようだが、堀井家の人間も怪しんではいないだろう。

平島が奇妙に思っているのは、ほんの一点。

「照子さんが笑っていた。君は、一体何を話したんだい？」

「おっと、こればかりは芸の秘密です。ただ言うと、恋する乙女というのは、共通の話題が出ると面白おかしくなってしまうもの。照子さんと話して、僕も色々と知ることができました」

などと言って、湖月は悪戯っぽく目を細めた。こういう時の平島は鈍感だから、湖月が何を語り、何を知ったのかなど、まるで気にしなかった。

「それはそうと――」

ツツ、と湖月が自らの口元に人差し指を添えた。

「皆まで言わずとも、ですよ。元雪さんが僕に会いたいと願う時は、いつだって背に奇妙な謎をおぶっておいでだ。これも探偵の性というヤツでしょうか」

「うん、つまり、まぁ、そういうことなんだ」

この一ヶ月ほどの間に、何度も似たやり取りを繰り返してきた。

もはや探偵としての面目はない。とにかく平島は湖月に話を聞いてもらいたかった。

湖月に話せば、雑多に集めてきた話に一本の筋が通ると信じているからだ。

「――というわけなんだが」

かくして中庭のベンチに並んで腰掛け、平島は湖月に今まで調べてきた事柄を告げた。

呉松伯爵がニセ華族であろうことと、かたや堀井男爵もまた怪しげな経歴を持っているやも、という話だ。この絡み合った二つの話を、湖月が一つにまとめてくれると期待した。

しかし、湖月はベンチから立ち上がるや、そそくさと歩き出してしまった。

「元雪さん、今回も興味深いお話を聞かせてくださいましたね。ですが、今は順序立てて話してみましょう」

「順序立てとは？」

「まずは語り残した謎についてです。以前、この堀井邸に生首の幽霊が現れ、あとに砂金が残るという奇怪な話を聞きました」

ふむ、と平島。

もう数週間も前の事だが、未だに事件のことは覚えている。

屋敷で目撃された生首の幽霊というのは、つまり人間の頭部に似た模様のハチワレ猫、あのヨコヅナだろう。新人の使用人が多くいたから見間違えたのだ、という話で決着した。

しかし、未だに謎は残っていた。

「あの時は、砂金がどこから出たのかも不明で、また飼い主である照子さん自身も生首の霊を見たというのが腑に落ちませんでした」

朗々と話しながら湖月は中庭を歩いていく。向かう先には、本館と渡り廊下で繋がる〝上野介館〟があった。

「ですが、今こうして、あの館を見て思いつくものがあります。時に元雪さん、照子さんが見た生首というのは、あの館の窓に現れたのですね？」

「ああ、その辺りを指差していた。だが、中を見ても何もなかった」

「なるほど。では元雪さん、あの窓をよくご覧になってくださいな」

はてな、と平島が目を凝らす。

壁に並ぶ窓は、今も午後の日差しを反射している。細長い窓には格子がはまっており、ちょうど米の字を縦に引き伸ばしたようだ。そこそこ高さがあり、梯子を使ってようやく上辺に手が届くほど。

「あの窓がどうしたんだ？」

「もっと見ればわかりますとも。では、僕らも館に入ってみましょうか」

そう言うや、湖月は子供が遊ぶように、パタパタと袖を振って〝上野介館〟へ近づいていく。ここで平島もベンチから腰を上げ、走る湖月の後を追う。

「ちなみに鍵も借りてますので、ご安心を」

湖月は袂から古びた鉄製の鍵を取り出すと、さっさと扉を開き、追いかける平島から逃げるように〃上野介館〃へと消えていった。

「まるで追いかけっ子だ」

どうにも童心に帰る気分だった。平島は自然と、かつて照子と〃上野介館〃に忍び込んだことを思い出していた。

「君には何が見えているんだ。僕にはさっぱりだ」

薄暗い館に入れば、窓から差し込む光によって塵埃が幻想的に煌めいていた。ダンスホールとして作られた館だから、部屋は一つきり。赤絨毯で覆われた床に、瀟洒な格天井とシャンデリア。奥には使われていない大暖炉が一つ。

光の粒子をまとい、湖月が舞うように歩いていく。

「なるほど、ゆえに〃上野介館〃と。堀井男爵はやはり粋な方ですね」

嘆息するように言い放つと、湖月は平島の方に向き直る。

「さて、元雪さん。この館を中から見ると、ちょっと奇妙なことになっています。どこが奇妙か、おわかりでしょうか？」

などと言いながら、湖月は窓の方に視線をやった。問いかけてくる割に、簡単に答えを示唆してくる。

「君の身振りからすると、窓なんだろうが」

「では、窓の何が奇妙なのでしょう」

「そんなものは――」

と、平島が館の内側から格子窓を見る。すると先に見たものと明らかに違う点があった。

「あ、格子が変なのだ。米の字の上半分がない。あれでは漢字の木じゃないか」

「ご名答ですが、変な表現をなさいますね」

クスクスと湖月が笑っている。本当に面白かったのだろう、今ばかりは笑みを見られまいと、袖で口元を覆っていた。

「だが、これはどういうことなのだ？　外から見た時は普通だったが、中から見ると窓が半分ほどしか見えない」

「ずばり、そのものの答えですよ」

ようやく落ち着いた湖月が、凛(りん)とした声音を作った。

「ところで元雪さん、浪曲や講談の世界には、有名な〝上野介〟が三人いるのですが、誰だかご存知ですか？」

急な問答だったが、湖月相手には素直な平島、全く疑問に思わずに考え始めた。

「まずは、もちろん吉良上野介だ。忠臣蔵に出てくる。あとは小栗上野介。君が話してくれた」

「はい、では三人目は誰でしょうか？」

「む、他にいるのだろうか」

平島の反応が思った通りだったのか、湖月は嬉しそうに唇をすぼめ、それから不意に天井を指差した。

「本多上野介。徳川家康、秀忠の二代に側近として仕えた人物で、後年に宇都宮釣り天井事件で失脚した人物です」

ああ、と平島が大声を出した。

「そうか、釣り天井！　この〝上野介館〟には、釣り天井が作られている！」

咄嗟に上を向く平島。あの重そうな格天井が落ちてくるのを想像し、思わず身を硬くした。

「釣り天井といえば、部屋にいる者を圧殺する仕掛けです。本多上野介こと本多正純は、時の将軍である徳川秀忠を宇都宮城に招き、そこに作った釣り天井を用いて暗殺しようとした……、という嫌疑をかけられて失脚しました。単なる俗説だとしても、釣り天井という奇抜さが大衆にも好まれ、宇都宮騒動物として歌舞伎や講談の題材になりました」

「では、ここにいると僕らも」

「いえいえ、まさか。そんな大それた仕掛けはないでしょう。おそらくは天井部が二重になっている程度だと思います。秘密の屋根裏部屋とでも申しましょうか」

そして、と湖月が続ける。水晶の如き眼は何を見通していたのか、細い指を再び天井へと向けた。

「この釣り天井にこそ、此度のお話の全てが詰まっているのです」

湖月はヒラリと身を翻し、平島に背を向けた。

「まず生首の霊の謎です。照子さんは〝上野介館〟の窓に生首を見ましたが、やはりそれも飼い猫のヨコヅナ君なのです」

「そうか、僕にもわかってきたぞ。つまりヨコヅナは、釣り天井の上に忍び込んでいた」

「はい。あの細長い窓は、二重天井の上の方まで繋がっているのでしょう。ですので、屋根裏部屋の窓から外を見ると——」

にゃあ、と湖月が猫の手を作って振り返る。

その光景を平島も想像した。小窓から覗く猫の顔。真下の窓には何もなく、首だけが浮かんでいるように見えるだろう。ましてや存在の知られぬ屋根裏部屋、いくら照子であっても、そんな場所に飼い猫がいるとは思うまい。

「では次に、どうして砂金が見つかったのかも説きましょう」

湖月はパッと手を開くと、虚空に手を振った。いつもの錫杖を振る癖が出たようだった。

「猫の中には、変なものを食べる癖を持つ子がいるそうな。心労が溜まったせいだとも言いますが」

「ああ、ヨコヅナはそうだろう。前に紙を食べていた」

と、そこまで言ってから平島も気づいた。まさかと思って「あ！」と大声を出す。

「いかにも。屋敷で見つかった砂金というのは、ヨコヅナ君が食べ、また吐き出したものなのです。いくつかはフンとなって捨てられたかもしれませんが」

なんと高価なフンだろうか、と平島、もちろん口には出していない。そんな冗談よりも重要な事実に思い至ったからだ。

「つまり、ヨコヅナが砂金を食べていた場所が」

「そう、この釣り天井の上、秘密の屋根裏部屋です。ならば何故、そんな場所に砂金があったのか。まさか金庫のはずがない。あるとすれば――」

「堀井男爵の〝隠し金〟か」

お見事、と湖月から声があがる。

どれも誘導されて出てきた言葉だったが、丁々発止で会話が続く快感が平島にはあった。

「ここまで来れば、あとは自分の目で確かめたいところ。ヨコヅナ君が入れるということは、屋根裏部屋に上がる道があるということです」

「それなら、僕が推理できる」

湖月とのやり取りで自信がついたのだろう、平島が前へと進み出る。

「かつて、照子さんと〝上野介館〟の大暖炉を使おうとしたら、堀井男爵から大目玉を食らったことがある。後にも先にも、男爵から叱られたのは、その一件だけだ」

「なんと、つまりは」

「あの暖炉は、暖炉として作られていないのだ。だから男爵は焦り、決して使わないよう声を荒らげたのだろう」

平島の言葉に湖月がニンマリと唇の端をあげ、満足そうに目を弧にした。それから背を向けると、悠々と件（くだん）の暖炉へと向かっていく。

「確かめて参りましょう」

改めて平島も大暖炉に目を向ける。壁に取り付けられた暖炉はレンガ造りだが、外側は化粧材の大理石で覆われている。マントルピースの装飾は、堀井男爵の趣味なのかヘレニズム風のギリシャ彫刻。暖炉の左右で男性の裸身像が大蛇と戦っている。

一方、湖月はそんな装飾には目もくれず、さっさと炉室へと上半身を突っ込んでいた。

「どうやら正解のようですよ、元雪さん。暖炉には煤（すす）の一つもついてません。そしてレンガ壁の一部が、足場のように出っ張ってます。垂直の階段です。煙突の上へと延びているから、もしかすると途中で……」

そのまま湖月は暖炉を調べていたが、やがて「あ、いけそう」と呑気（のんき）な言葉を残し、するすると暗闇の奥へと消えていった。

「気をつけてくれ」

と言ったが、別に平島としては止める道理もない。背の小さい湖月の方が暖炉を調べるのに適任だろうし、万が一にも失態を演じたりはしないだろう、という思いだ。

　ここで平島は益体もない想像をした。どこかイタチに似た湖月が、今こうして屋根裏に忍び込んでいるのだ。まるで本当に動物のようで愛らしいな、と思った。

　などと平島が邪(よこしま)な考えをしていると、突如として、

「あっ!」

　と、頭上から湖月の声が響いた。

　平島が天井を見上げる。同時にバタバタと天井裏を移動する物音がする。その音こそが何よりの証拠だった。

　スタッ、と暖炉に白く細い足が降ってきた。湖月は袴(はかま)を直しつつ、体をひねって狭い炉室から出てくる。煤に汚れるようなことはなかったが、全身にこれでもかと塵埃(じんあい)をつけていた。

「すまない、汚させてしまった」

「ではでは、背中と頭など拭(ふ)いてくださると、僕は喜びます」

　湖月が乱れた着物を直す一方、平島はハンカチを手に近づく。湖月の背中をはたき、ハンカチで埃(ほこり)にまみれた髪を拭(ぬぐ)う。頭は自分でもできるのでは、などとは考えなかった。ついでに体に触れたことも意識していない。それだけ天井裏のことが気になっていたのだ。

「どうだった」

「想像の通りでしたが、想像以上でした。古い千両箱がいくつもあり、蓋の開いたものから、いっぱいに詰まった砂金が見えました。どれほどの価値になるのか、全く予想もできませんね。で、それとは別に、こんなものが落ちてました」

そう言って、湖月は懐に入れていたものを取り出した。古びた手帳のようだが、平島はその持ち主を即座に理解する。同じものを本人から贈られたからだ。

「堀井男爵の手記だろう」

「そのようです。中には〝隠し金〟の由来について書いてあるようですが、僕よりも元雪さんが読むべきだと思いまして」

湖月から手帳を差し出された平島は、その最初のページを開いた。洋式の手帳に縦書きの文字が並んでいる。筆跡は間違いなく堀井男爵のものだろう、と思った。

「我が父は」

平島は手帳の文字を読み上げていく。先に続く言葉の意味を理解し、わずかばかり声が詰まる。

「佐渡の地役人の出であった。その父は幕末の頃に島を出た。幕府の混乱に乗じ、莫大な〝隠し金〟を持ち出して、佐渡から逃げたのだ」

ほう、と湖月。その反応を見ながら、平島は先を読んでいく。

「父は常から、自分こそ堀井家の本家筋であると語り、あの上州堀井家の栄光は己が一族のものと信じていた。そのために、父は〝隠し金〟を使って上州堀井家の名を買ったのだ。ゆえに我が男爵家は全くのニセ華族である」

　その記述は、これまでの推理を裏付ける証拠であった。

　しかし、平島は素直に喜ぶことができない。平島の推理は全く当たっていたのだが、どうにも自分を信じきれない。だから、今は無心で手帳を読むことにした。

「そもそも、この〝隠し金〟すら堀井家のものではなく、全ては――」

　平島は先に続く文字を読む。そして、そこに現れた名前を見るや、アッと声をあげた。

「どうしました？」

「いや、続きを読む」

　平島は息を整え、記された文章の最後を読む。

「全ては、あの仁長から取り上げたものだ」

　その人物の名を平島は知っていた。思い返せば、堀井男爵は初めから答えを伝えてくれていた。幼い平島に向けて、講談ごっこを通じて、何度も。

「佐渡金山の大親分、百足の仁長……」

　湖月が呟く。腕を組んで首をひねっていた。

「それって、以前に元雪さんが話してくれたものですよね？」

「ああ、あれは講談ごっこではなかった。仁長は実在する人物なのだ」

　それこそが答えだ。平島は自ら吐いた言葉の意味を理解した。

　堀井男爵の父、与兵衛は人足頭の仁長から砂金を奪い取り、自らの〝隠し金〟とした。

それを本人から聞いたか、あるいは感づいたのか、堀井男爵は〝隠し金〟の由来を知っていた。

「男爵には負い目があったのだろう。だから時に講談のように、自分の父が犯した罪を語って聞かせていた。知って欲しいが、気づいては欲しくはない。そんな気持ちだ」

堀井男爵にまつわる謎は、これで全てだ。

平島は手帳を胸に抱き、亡き男爵が人生をかけて背負ってきた秘密を思った。それは隠された数多の砂金よりも、なお重かろう、と。

また一方で、平島の探偵的ひらめきは、ここで頂点に達した。

「そういうことか。ムカデ伯爵、いや呉松伯爵は、このために堀井家を狙ったのだ」

「というと？」

「単なる連想だが、呉松伯爵こそ百足の仁長……、というと年齢が合わないから、その子分か親族なのだろう。彼は仁長の遺志を継ぎ、奪われた〝隠し金〟を取り戻しに来た、と思うのだが」

いざ口にしてみると、突拍子もない話に思えてくる。だから平島は途端に自信をなくす。いくら探偵的ひらめきを得ても、性に合わないことはある。

ただ一方、平島には運がある。

「思う……、のだが、確かめる術はない」

「でしたら、確かめてみれば良いのです」

この場にいた湖月こそ、平島の至らぬところを補う恰好の人物であった。

「確かめると言っても」

「簡単ですとも」

ふと湖月が平島に近づく。両手を伸ばして平島の頬に触れると、グイと下を向かせる。空を見つめていた平島の視線が、湖月の丸い瞳と向き合った。

「僕と平島さん、二人で〝カタリゴト〟を披露するのです」

ね、と念押しの声と共に、湖月は妖しく微笑んだ。

5

やがて時は来た。

堀井邸の広間には二十名ほどの招待客が集っている。平島は彼らから離れ、一人で窓の外を眺めていた。

その日は朝からの雨で、婚姻披露という晴れやかな場にはそぐわない陰鬱な雰囲気があった。

「名前に見合わぬ、雨女なものでして」

そう言って一同の前に姿を現した堀井照子。今日のために新調したという純白のドレスを身にまとい、黒髪を夜会巻きにまとめている。胸元では白バラのコサージュが華やかに咲き、指には堀井夫人から譲られたという紅宝石(ルビー)の指輪が輝く。

「お綺麗(きれい)ですわ、照子さん!」

名前に見合わぬ騒々しい声が響く。他の招待客と談笑していた影子が、照子の方へと近寄って大いに褒めそやしている。

(まずは顔合わせの茶会。それから呉松伯爵と照子さんが〝上野介館(やかた)〟へ移動し、改めて婚姻披露のパーティーか)

平島は今日の予定を確認しつつ、招待客の姿を確かめていく。

広間の前方で話しているのは、照子と影子、そして彼女たちの学友だろう女性が二人。

やや離れて母である堀井夫人もソファに腰掛けて、同年代の貴婦人たちと談笑している。

さらに別の席では、若い男性と壮年男性が数人、それぞれカードゲームに興じていた。

彼らは堀井男爵の知人だろう。

(そして)

平島が部屋の隅を見る。

視線の先に一人の女性使用人がいる。彼女は今まさに、客人たちの目を盗んで、茶会に出た焼き菓子を一つ二つ手に取ると、恐るべき速さで自らの口へと放り込んだ。

女性使用人と目が合った。彼女は頬を膨らませつつ、誰にも言うなとばかりに目で抗議してきた。

(何をやっているんだ、彼女は)

見知った顔である。その女性使用人こそ、あの高村あぐりであった。

かといって、別にバスガールから転職したのではない。これも平島が湖月と考えた〝カタリゴト〟に必要な人選だった。

「なぁ、まだ伯爵は来ないのか？」

と、今度は横から声をかけてくる者がいる。今日のための写真師として招かれた人物だが、その縦に長い容姿だけで何者かがわかる。

「錦君、あんまり目立つなよ。呉松伯爵が君を覚えているかもしれないんだから」

「だから猫背にしてるんだろ。腰が痛くなってきたな」

平島の友人たる錦方太郎であった。彼もまた変装することで、平島の計略に付き従ってくれている。

「それにしても、影子さんは今日も可憐（かれん）だな」

「そうかぁ？」

「君な、それは兄の――」

方太郎が呟いたところで、広間の男性陣から「おお」と声が上がった。廊下に出ていた数人が、主役の一人を出迎えていた。

「話は後だ。おいでなすった」

方太郎は身を小さくし、平島の後ろに隠れる。一方の平島は遅れてやってきた人物を確かめようと目を凝らす。まず広間に現れたのは黒いスーツの若い男性。撫（な）でつけた髪とギョロ目は相変わらずで、細い手足をカサカサと振って歩いてくる。

雅高青年だ。つまり本来の呉松家の嫡男にして、ニセモノの当主を仕立て上げた張本人である。

「さ、父上、こちらへ」

雅高青年は、これみよがしに呼びかけ、その老人を広間へと招いた。

ゆっくりとした足取りで、黒い紋付き姿の老人が広間へと入ってくる。後退した白髪と頰の痣（あざ）。朗らかな笑みを浮かべているが、その奥に潜む感情は読み取れない。

「呉松伯爵」

平島の声に気づく者はいない。

呉松伯爵は周囲の人々と挨拶（あいさつ）を交わしつつ、一歩ずつ、花嫁となる照子のもとへと近づいていく。

「元雪君、やはり君の言う通りだ」

背後から方太郎の声がした。

「あの老人こそ俺の茶道の弟弟子、木下三雄だ」

「やはり、そうなのか」

この段に至っても、まだ平島は悩んでいる。自分の推理が当たっていることが信じられないのだ。

「それで、君の〝カタリ〟はいつやるんだ？」

「段取り通りにしよう。この後、伯爵と照子さんが離れに移動する。そこが始まりだ」

方太郎が頷(うなず)く気配がした。平島は同様に、使用人に扮(ふん)したあぐりへと視線を送る。彼女も意図を理解したのか、軽く頷き、その動作から流れるように手近な菓子を摑(つか)み取っていた。

「おっと」

平島が声を出す。呉松伯爵がこちらを見ていた。花嫁との語らいを後回しにしたようだった。方太郎はさっさと離れ、残った平島も彼を隠すように前へと進み出た。

「先日は失礼しました」

そう呼びかけ、呉松伯爵も人混みを抜けて近づいてくる。二人は向かい合い、まず平島が手を差し出した。西洋風の握手に慣れていないのか、伯爵はやや戸惑った後、その枯れ木のような手を伸ばした。

「後から照子さんに聞きましてね。平島子爵家のご嫡男であるとは露知らず、無礼な振る舞いを致しました」

「いえいえ、お気になさらず」

平島は呉松伯爵の羽織に刻まれた家紋を見た。間近で見ても、予想と大きく変わるところはない。二匹の百足(むかで)が絡み合う姿が白抜きで意匠化されている。

やがて伸ばされた伯爵の手が平島の手を握った。それこそ百足が腕を這(は)い、絡みつくような不気味な感触があった。

「それに僕は平島家の人間ではないのです。とうに勘当され、今は一般市民です」

その言葉に呉松伯爵が表情を消す。笑顔でもなく、侮蔑でもない。ただ不思議そうに目を細めている。

「今の僕は、ただの探偵ですので」

平島は大袈裟に手を解き、突き放すように呉松伯爵から距離を取った。

名探偵と怪人物。両者による対決の機運があった。

*

ここで場面は冒頭の一幕へと戻る。

つまり、雨降りしきる夕刻のこと。招待客の集う広間に凶報が届き、その場の者らで〝上野介館〟へと駆けつけた。窓から覗けば、血塗れの花嫁が赤絨毯の上に倒れている。声を荒らげ扉を叩く呉松伯爵。そして使用人らと共に館に入れば、そこにいたはずの照子の姿が消えていた。

まさしく〝消えた花嫁〟なる物語の始まりであった。

「さて」

扉の前に群がる人々を掻き分け、平島は〝上野介館〟のホールへと歩いていく。他の者も雨から逃げるため、後を追って館へと入ってくるが、中央に向かう平島とは距離を置いている。

「ほんの数秒前まで、この館の真ん中には照子さんの死体がありました。多くの人が窓の外から見たはずだ。転がったナイフと、血に塗れた彼女の姿を。それが忽然と姿を消す。これは奇怪な事件です」

決められた台詞の如く、スラスラと平島が言葉を紡ぐ。普段の彼からは想像もできない姿だったが、全ては自分の役割を意識するがゆえである。

「しかし、ご安心頂きたい。ここには僕がいる。探偵たる僕が」

近くのテーブルに置かれていたランプを、平島は何気なく手に取った。暗闇にボウっと探偵の姿が浮かび上がる。

「お兄チャマ！」

客人たちの中から影子が進み出た。今にも泣き出しそうな顔で、声を震わせている。

「照子さんはどこへ行ってしまったの。何かわかるなら教えてくださいまし！」

「もちろん。しかし順番に行こう」

言葉にしてから、平島は館の入り口付近に並ぶ人々を見回した。不安げな表情の者たちの中にあって、雅高青年は憎々しげな視線を平島に送り、かたや呉松伯爵は険しい顔で前を向いていた。

「伯爵、あなたは直前まで照子さんと一緒にいたのですか？」

平島の問いかけに呉松伯爵が頷く。

「ええ、他の使用人と共にパーティーの準備をしていてね。すると照子さんが着物を直したいと言ってきて、私たちは少しの間だけ館の外に出ることになりまして」

「そして、照子さんは館に一人きりになった」

「いかにも。その後、中から照子さんの悲鳴が聞こえたのです。窓から覗くと彼女が倒れていた。怪我をしたのかと思い、館に入ろうとしたが、内から鍵がかかっておりまして」

伯爵は悔やむように額に手をやった。他方、それを聞く平島はホールの中央に立ち、ぐるりと周囲をランプで照らした。

「なるほど、窓ははめ殺しで扉は開かない。よって館は出入り不可能だった。ふむ、しかし本当でしょうか」

「おい！」

と、ここで怒号があった。見れば、雅高青年が肩を怒らせて歩いてくる。

「さっきから何だお前は！　何が探偵だ、さっさと警察を呼べ！」

「現場に近づいてはいけない！」

珍しく平島も声を張って応じた。怯んだ雅高が立ち止まる。

「警察を呼ぶまでもないのです。わかっています。むしろ全てわかってしまったのです。それは僕が探偵だからです」

余裕の表情を浮かべる平島。わざとらしさすら滲む。内心では焦っているが、ボロが出ないよう必死に取り繕っている。

「もったいぶった話はやめましょう」

平島はランプで床を照らした。手が震え、光が揺れている。

「この辺りに照子さんは倒れていたが、どうでしょう、血の跡は全くない。つまり下に敷物があったのです。おそらくはテーブルクロスでしょう」

チラ、と平島が視線を上げれば、雅高が今にも飛びかからんと構えている。

「だから何だと！」

「だァから！」

雅高の疑問を封じるように平島が口を動かす。いくら喋(しゃべ)るのが不得手でも、必死になった人間はいくらでも言葉が出てくるのだ。

「この館には抜け道があるのだ！　あそこ！　ほら、暖炉のところから上に行ける！　犯人はテーブルクロスと一緒に、照子さんを暖炉の上へと引き上げたんだ。以上！」

は、と雅高が息を吐く。ほとんどの客人たちも同様の反応だ。

「いいか、この〝上野介館〟は本多上野介から名付けられたのだ。釣り天井(てんじょう)で有名な歴史上の人物だ。つまり、ここの天井は釣り天井で、上で二重になっている。そこへ入る道こそ、あの暖炉に隠された階段なのだ」

ゆっくりと説明するつもりだったが、この状況ではそうもいかない。平島は釣り天井の説明を口早に終えると、たったかと暖炉へ近づいた。

「ほら、見たまえ！　ここに血がついているぞ！　もう間違いない、照子さんはこの上に引き上げられ、今は二重天井に隠されているのだ！」

誰もが平島を物静かな男だと思っていた。その人物が一方的にまくし立ててくるのだから、もはや口を挟む余地などない。

しかし、この場で一人だけ、平島の言葉を遮る者がいた。

「少し、いいかな」

呉松伯爵が静かに手をあげていた。

「君は、どうして天井が二重だと知っているんだ？」

「それは、今回とは別件で調べていたからです。この堀井邸で砂金が見つかるという事件があり、その出どころを探っていました」

ほう、と呉松伯爵が息を漏らした。その反応に平島は手応えを感じていた。

ただ、事態は思わぬ方向へと動く。

「そうか、それが堀井男爵の〝隠し金〟の在り処か！」

叫んだのは雅高青年だった。手で髪を何度も撫で、歓喜の表情を作っている。隣に立つ呉松伯爵が鋭い視線を送るが、興奮した彼はそれに気づいていない。

「まさか、こんな形で在り処がわかるとは。何が役に立つかわからない――」

「雅高君」

呉松伯爵が名前を呼んだ。ここで雅高も、ようやく自身の不手際に気付いたようだった。

「お待ちになって、どうして雅高様が〝隠し金〟を気になさっておいでですの？」

最初に問いかけたのは影子だった。何気ない疑問だったが、雅高を追い詰める一言でもあった。

「いや、それは」

口ごもる雅高。当然だろう。呉松伯爵の婚姻は、表向きには「堀井家の男爵位を守る」ためのものだ。別に遺産の〝隠し金〟を狙ってのことではない、という建前がある。

一方の平島だが、雅高の反応を苦々しく思っていた。

（先にボロが出たのは向こうだが）

肝心の呉松伯爵は押し黙ったままで、口を滑らせたのは雅高だけだった。彼一人が〝隠し金〟を探していたのだ、などと言い逃れされたら追及はできない。

（一人でも釣れれば結構。ここが潮時か）

忸怩たる思いを抱えつつ、平島はランプを床に置き、両手を大きく打ち鳴らした。

突然の奇行に、人々が一斉に平島の方を向く。

「失礼、失礼。揉め事を起こす気など毛頭ありません。僕はただ、この推理劇を皆さんに楽しんで貰いたかったのです」

「推理劇だと」

雅高が顔をしかめる。直後、何かを見て「あっ」と驚きの声をあげた。

「その通り、全ては余興でした。婚姻披露の場に探偵がいるのだから、いっそ推理ショウを楽しんでもらおうと企画したまでのこと。まったくの作り話、狂言なのです。それがまさか、こんな結果になってしまうとは」

足元のランプに照らされ、暗がりから白い影が現れる。

「謎を解いた後、呉松伯爵は暖炉の中を覗く。すると上から花嫁が降りてくる、という筋書きでした」

白い影が平島の横に並び立つ。血糊に濡れたドレスをまとった女性。彼女の裾を持ち上げているのは、これまで天井裏に隠れていた湖月であった。

「呉松様」

顔を血に汚した照子が、目に涙を浮かべて呼びかける。

「これこそ、僕の〝騙り事〟です」

6

時は遡り、午前のこと。

婚姻披露を数時間後に控え、堀井邸の客間には平島と方太郎、あぐりが揃っていた。

二人に対し、平島は自身が調べた呉松伯爵の経歴、また堀井家の財産を狙っているだろうことを伝えた。

「だから、僕は〝騙り事〟を行うのだ」

そして説明の最後に、平島はそう付け加えた。

どう伝えるべきか、悩みに悩んだ末に、平島は一言だけで済ませようとした。慣れた方太郎は呆れ顔だが、あぐりは意味もわからないとばかり、何度も首を傾げている。

「なるほどな、あの元雪大先生が人を騙すってか。大胆だな」

「え、伝わってんの？」

あぐりが隣の方太郎を小突く。こういう場面での友人はありがたいもので、平島に代わって彼が口を開く。

「ようは相手にボロを出させたいんだろう。話を聞くに、呉松伯爵は相当な口達者だ。疑惑を指摘しても、言葉巧みにはぐらかされるかもな。もし俺が木下氏と同一人物だと言い立てても、他人の空似と言われれば終わりだ」

「その通り、疑われているとさえ思われたくない」

「だろうな。警戒されると息子の雅高が前に出てくるだろう。こっちは本物で、しかも立場もあるときた」

ふぅん、と、あぐりが納得したように息を吐く。

「それで〝騙り事〟ね。で、実際には何するの？」

「釣り天井で釣るつもりだ」

平島がボソリと言うと、これまた方太郎が補足してくれる。

「そうか、君の言う〝隠し金〟の存在を報せるんだな。彼らは遺産目当てで堀井家に近づいたが、周囲には善意で援助するためと偽っている。本来の目的をチラつかせ、動揺を誘うってわけだ」

「段取りとしては――」

ここで平島は、事前に湖月と考えた〝騙り事〟の仔細を伝えた。二人は時に困惑し、また時に目を輝かせながら、最後には企てに賛同して手を叩いた。

「つまり観衆の前で推理ショウを披露する、と。まさに探偵小説の如しだな」

「うん、特に最後の種明かしがいいと思う。ロマンチックね！」

「あなたの大切なモノが天井裏にあります、って台詞だろ？ 伯爵は遺産だと思って飛びつくが、そこには花嫁がいるんだ。俺からすると、ちと悪趣味だが」

やいのやいのと、二人は起きてもいない事件の感想を言い合っている。まるで映画を見終わった恋人同士の会話だが、この二人こそ、数時間後には推理劇の舞台に立つことになっている。

一方の平島は、早くも緊張から額に汗を浮かべている。

「二人が盛り上がるのは結構だが、この〝騙り事〟には、照子さんの協力が不可欠なんだ。その件は話しに行ってもらっているが」

「誰が？」

あぐりが疑問を口にした瞬間、勢いよく客間の扉が開かれた。

「元雪さん、これにて準備は整いましたよ」

ニコニコと笑みを浮かべ、湖月が客間に入ってくる。まさに照子に話を通してもらった本人で、その反応から、首尾よく事が運んだとわかった。

「照子さんには、呉松伯爵を怪しんでる件は伏せてお伝えしました。全てはサプライズ……、びっくりさせるための余興であると話しました。すると、亡き父を偲(しの)ぶつもりで協力します、と。あと皆さんの驚く顔が是非に見てみたいと、思った以上に乗り気なご様子。ここは元雪さんの仰(おっしゃ)っていた通りでしたね」

「ああ、良かった。なにせ堀井男爵こそ、大掛かりで冗談じみたことを好んでいたからな」

平島の入れ知恵が功を奏したようだ。

亡き父親に見せるつもりで、婚姻披露の場を盛り上げよう。そうした理屈で照子を説き伏せた。加えて言えば、やはり照子にも男爵の血は流れているのだ。普段の大人しい性格からは想像もつかないが、芝居じみた、胡乱(うろん)で楽しげなものには飛びつくらしい。

などと平島が考えているところで、

「かわいい子だ！」

あぐりが急に珍妙な声を出し、すたこらと湖月の方へと駆けていった。

「ちょっと誰なんです、この子供は！」

「まさか、この子供か？　元雪君が贔屓(ひいき)にしてる芸人ってのは」

あぐりと方太郎、左右から湖月を挟んで様々な疑問を投げつけてくる。当然、平島がこれをさばけるはずもない。

だから、湖月自身が「おほん」と咳払いを一つ。二人から離れ、改めてくるりと向き直った。

「名乗るほどでもございませんが、お姉さん、お兄さんたってのご希望とあらば」

そう言って、湖月は懐からいつもの錫杖を取り出した。

「口先、喉元、胸の内、とかく思うがままに喋るを生業に、西に浪曲を歌い、東に講釈を語り、しがない芸を生計としております。亭号は真鶸、名を湖月。続けて真鶸亭湖月にございます」

シャン、と区切りの音。流れるように頭を下げた湖月に、二人は感心したように手を打った。

「なるほど、元雪君の気持ちがわかる。若いのに大したもんだな」

「何してもかわいい」

うん、と頷く平島。その顔はやや赤い。

これまで二人に紹介する機会がなかったが、いざ湖月のことを褒められると自分のことのように嬉しい。いっそ気恥ずかしさすらある。

「とにかく、あとは本番を待つだけだ」

恥ずかしさを誤魔化すために話を切り替えた。平島は意識していなかったが、その冷静な様は、彼が憧れるハードボイルドな探偵に近づいていた。

＊

再び、場面は〝上野介館〟へと戻る。

純白のドレスを血に汚し、顔に涙を浮かべた照子がいる。その後ろで裾を引く湖月がいる。対峙する客人たちの中には女性使用人に化けたあぐりと、写真師の恰好をした方太郎がいる。また呆然とする堀井夫人と、泣き顔の影子がいる。あるいは歯を剝き出しにし、両手で頭を抱える雅高青年がいる。

そして、探偵たる平島と呉松伯爵が、ランプの明かりに照らされている。

「さて」

と、平島は呟いたが次の言葉は考えていない。

とにかく平島は安堵していた。望んだ結果ではないが、ひとまず自分の役目が終わったのだ。

(ちゃんと、できただろうか)

平島は館に集まった人々を見回した。

あぐりは使用人の役を演じ、一同に凶報を伝えてくれたし、方太郎は平島に代わって絶叫してくれた。影子には秘密にしていたが、彼女の必死の声に誰もが戦慄した。さすがに堀井夫人には伝えていたが、あえて何も言わないでいてくれた。

何よりも、この〝騙り事〟の主役たる照子だ。

湖月の補助があったとはいえ、見事に死体役を演じきり、短い間に天井裏まで隠れてくれた。

「照子さん」

しかし、照子の涙を見て、平島の心が痛まないわけがない。

余興と思えばこそ協力してくれたのだ。その実、呉松伯爵たちを糾弾するための企てと知ったら、どれほど傷つくだろう。平島は最も騙したくない相手を騙したのだ。

「すまなかった、こんな結果になるとは」

これすら方便である。しかし、未だ真実を告げるわけにはいかず、平島は照子に謝るほかない。

「いいえ、お兄様は何も悪くありません。遺産を探して欲しいという私の依頼を、こうして果たしてくれました」

ですが、と照子は呉松伯爵を睨んだ。

「呉松様は、この〝隠し金〟があったがために、堀井家に援助を申し出てくださったのですか？」

強い非難の言葉があった。それを受けた呉松伯爵は、ここぞとばかりに深く頭を下げた。

「正直に言えば、遺産については存じておりました」

伯爵が顔を上げた。淡い明かりに憔悴した老人の姿が浮かび上がる。

「そもそもは、息子の雅高が堀井家を援助した方が良いと訴え、私も友人である堀井君を思って名乗り上げたのが事の始まり」

呉松伯爵が隣に立つ雅高に視線を送った。青年も意図に気づき、しおらしく頭を垂れた。

「息子は、どこかから〝隠し金〟の噂を聞きつけ、そのために堀井家に近づくよう仕向けたのです。私がそれを知った時には、すでに婚姻の話もまとまっており、言い出せずにおりました。もっと早く相談していればと、今は後悔ばかり」

呉松伯爵は弱った姿を見せ、さらに頭を下げた。地位のある人物からの謝罪である。これ以上の追及はやめるべき、といった雰囲気が周囲に溢れていた。

イヤな弁明だ、と平島は思った。

都合の良い言葉を並べているが、肝心のニセ華族である点については断固として認めていない。平島が事実を言い立てたところで、この場の空気では信じてもらえないだろう。

（結局、誰もが伯爵という肩書きに騙されているのだ。身分のある者は常に正しく、僕のように胡乱な探偵が何を言おうと無意味なのだ）

ここで平島は口を噤んだ。余計なことは言わないでおこう、という思いからだったが、これこそ英断だった。

次の場を担うべき役者が、今まさに懐から錫杖を取り出し、花嫁たる照子の横からヒョイっと姿を現した。

シャン、という音が一同の注意を引いた。

「とざい、とォざい」

何事かと人々が声の方を向く。視線を集めた湖月が、ニコと微笑みを一つ。

「やや、失礼。ここで口を挟むのも失礼ですが、まず話を聞きますに、かの呉松伯爵こそ、堀井家の〝隠し金〟を受け取るのが結構かと存じます」

「おい、君は何だ！」

優勢とみて、息を吹き返した雅高青年が大声を出す。

「これまた失礼。名乗るほどの者でもありませんが、手前は真鶸亭湖月と申すもので、今宵(こよい)の婚姻披露を盛り上げよと招かれた、しがない芸人にございます」

「芸人風情が――」

シャン、と錫杖が鳴らされた。まるで妖術(ようじゅつ)にかかったかの如く、雅高の動きが止まった。

「呉松伯爵」

湖月は床のランプを拾い上げ、呉松伯爵へと近づいていく。一歩進むごとにシャンと錫杖が鳴る。

「いやなに、僕は先程まで天井裏にいたもので、あの壮絶な光景を見ましてね。あれを伯爵にも見てもらいたいと思った次第」

平島からは湖月の背しか見えないが、おそらくは笑っていたはずだ。その笑みでもって呉松伯爵を誘っている。手を伸ばし、共に行くよう促している。

「そのようなこと、この状況では」

なおも呉松伯爵は隙を見せない。照子へ視線をやり、飽くまでも本意ではないと示す。一方の照子も心得たもので、この場は湖月に任せた方が良いと判断したのだろう、何も言わずに小さく頷いた。

シャン、と錫杖が振られた。

「財産など後で寄付するなりすれば良いのですが、あの光景を見られるのは今一度きりです。あれこそ名勝、絶景と言っていい。それを見たいと思うのは卑しいことではございません」

その言葉が効いたのか、呉松伯爵は一歩を踏み出した。

湖月が何を目論(もくろ)んでいるのか、平島にも全ては理解できない。しかし、間違いなく呉松伯爵は釣り出されたのだ。

「さぁさぁ、どうぞこちらへ」

湖月に導かれ、呉松伯爵がホールの中央を歩いていく。平島の横を通り、奥にある大暖炉へと向かう。この場の全員が二人の行く末を見守っていた。ランプの明かりが道行きを照らす様は、冥土への旅立ちを思わせる。

「この暖炉の中に、上へと続く階段がございます。足元にはお気をつけて。頭もぶつけませんよう」

湖月はランプを伯爵へ託し、二歩三歩、暖炉から離れていった。

「さぁ、伯爵、どうかなさいましたか？」

人々の視線を浴びる中、呉松伯爵は暖炉の前で微動だにしなかった。僅かに小さな背が震えているのが見える。

「すまないね。いざ来てみたが、私の足では階段を上れないようだ」

「おや、なんと。これは大変な失礼を。では、チラと中を見るだけでも結構です。階段を確かめるだけでも、ここが秘密の抜け穴だとわかり、上に大量の〝隠し金〟があるだろうと想像できます」

湖月は優しい口調で促すが、それでも呉松伯爵は動けない。遠目にも、伯爵の身に起きた異変が伝わってくる。

「呉松伯爵、汗をかかれておいでです。お体も震えてらっしゃる」

「いや、これは」

「ああ、もしや伯爵は苦手なのでしょうか？　まるで洞窟の如き暗くて狭い場所が」

シャン、と暗闇に音が鳴った。

「僕は疑問に思っておりました。伯爵ほどの機知に富んだ方なら、この〝上野介館〟に入れば、すぐに二重天井の秘密に気づくはずです。しかし、それができなかった」

シャン、シャン、シャン、と錫杖（しゃくじょう）の音が増していく。

「であれば、こう考えましょう。伯爵は、暖炉に隠し階段があるなどと思いもしなかった。ごく自然と目をそらしていたのです。伯爵にとって暗くて狭い場所など、見るのも苦痛なものなのです。などと、これは牽強付会（けんきょうふかい）」

湖月の語ったことは、これまで呉松伯爵が〝隠し金〟を見つけられなかった理由だ。雅高青年の反応からしても、今まで何度も堀井邸を訪れては〝隠し金〟の在り処を探っていたのだろう。

だが、呉松伯爵は発見できなかった。それは彼自身が考えたくもない場所に隠されていたからだ。

「このようなことを聞くのも失礼ですが、伯爵は暗くて狭い場所に閉じ込められた、といった過去があるのでしょうか？」

「なにを言うか、そんな――」

「失礼、失礼。では、ここで話を変えましょう。伯爵の生まれは佐渡でしょうか？」

唐突な湖月の言葉に、呉松伯爵はピタリと体を硬直させる。震えすら抑え、暖炉を背にして湖月に向き直った。

「そんなわけがない。私は京都の」

「いかにも、京都は藤原北家閑院流の呉松家とのこと。されど一方で、伯爵は東京の山の手言葉もお上手だ」

「議員として、東京にいたからだが」

暗闇に光が揺らめく。呉松伯爵の手が震え、持っているランプが左右に小刻みに振られていた。

「では、これも僕の勘違い。なにせ、佐渡という土地は古くから貴人の流刑地であり、佐渡方言は京言葉と似ておるもので。また越後方言は東京の言葉と音が似ています」

「何が言いたいんだ」

「言いたいのではなく、語りたいのです」

シャン、と区切りの音が高く鳴らされた。

いつの間にか、湖月は伯爵から距離を取っていた。周囲を照らす光の端へ。あと一歩で闇へと消える、その境目に立っている。

「今のもまた、単なる話の枕にございます。これよりは余興の続き。せっかく晴れがましい場に呼ばれたのですから、こちらも一席を披露したきところ」

シャン、キンと錫杖によって調子が取られ始める。

「さて、これいかな芸かと申しますと、お集まりの皆様方より、奇々怪々、珍妙不可思議なお話を頂戴し、それらを因縁因果の縄にてくくり、一つモノ語りとして語る芸でありますれば」

流暢な湖月の語り。何度も見てきた光景に平島は小さく頷いた。

「何が一席を披露する、だ」

しかし、ここで湖月の語りを嘲笑う声があった。振り返れば、雅高青年が獣の如く歯をみせて笑っていた。

「いい加減にしたまえよ、こんな時に芸などと」

「黙ってください」

ぴしゃり、と雅高を叱りつけたのは照子であった。

あの儚げな照子が、こうも強い言葉を吐くのは初めてであった。その様に驚き、言葉を失ったのは雅高だけではない。平島も影子も、信じられない思いで友人を見ていた。

「湖月さんは、私がその話芸を見たいと言って招いた方です。どうか、あの方の話を最後まで聞いてくださいませ。もちろん呉松様も、私を思う気持ちがあるのであれば」

照子によって雅高と伯爵が動きを止める。彼女の言葉は針と糸を成し、逃げられるはずの二人を強く縫い付けていた。あるいは彼らだけでなく、周囲の客人たちも言葉を失い、ただ成り行きを見守ることしかできないでいる。

「湖月さん、失礼致しました。どうぞ私に聞かせてくださいませ。語るべきことが、ありますのでしょう？」

照子の姿に平島は気圧されていた。彼女は湖月が語ろうとするものを知らないはずだ。呉松伯爵の経歴さえも知らない。しかし、雰囲気から彼女は察したのだろう。

これから、湖月の語りによって何かが終わるのだ、と。

「では」

湖月が口を開き、シャン、と錫杖が鳴らされた。

「一つ、お願い申し上げます。先に申した通り、僕の芸は皆様よりお題を頂くのです。照子さんが最近、見聞きした奇妙な話などはありますでしょうか？」

その問いに、照子は少し戸惑ったようだった。しかし、すぐに話の意図に気づいて、ようやく微笑んでみせた。

「それでしたら、この館（やかた）で生首の幽霊が現れ、それが砂金に変わった、というお話があります」

「なるほど。これなどは〝黄金幽霊の首〟と題して話したことがあります。勘定奉行だった小栗上野介の首になぞらえ、彼が〝隠し金〟を上州へ運び込み、それが縁のある三野村利左衛門の手へ渡った、という話に仕立てました」

シャン、と錫杖の音。一つ目の題材を聞き出した湖月は、さらに視線を聴衆の方へと向ける。

「二つ目を頂きましょう。そちらの女性が宜（よろ）しかろうと思います。そうです、そこの可愛らしいお女中さん」

湖月は人々の中からあぐりを指名した。

「あ、私？」

「いかにも、いかにも。何か奇妙な話、気になる事柄などがございますれば」

「それは、まぁ、当然あるよね。バスガールの友達が死んだんだ。新庄千草っていう子だよ。彼女はムカデ伯爵って怪人に連れ去られた、って噂になってた」

　あぐりが新庄千草の一件を持ち出す。寂しさと怒りの滲んだ声音だった。この話を聞いた呉松伯爵はどう反応するのか。平島は彼を注視していたが、まるで他人事とばかりに目を瞑っている。

「なるほど、痛ましい事件です。この話もまた〝ムカデ伯爵と消えたバスガール〟という題で語りましてございます。新庄嬢はショウモンなど知らない、という言葉を残し、乗り合いバスから忽然と姿を消したのです」

　シャン、と再び音が鳴る。

「最後に、三つ目のお題を頂きましょう」

　不意に湖月は首をひねり、どこか気だるげに平島を見た。

　もしかしたら、と思っていた平島だったが、いざ湖月から視線を向けられると緊張する。

「やはり、ここは元雪さんに致しましょう。お題とすべき事柄も多々あるとは思いますが、ここは一つ、元雪さんが僕と初めて会った際の話を題にしましょう」

「團十郎の猫だったか」

　平島が即答すると、湖月は唇を尖らせた。

「違います、その後の護国寺で話したヤツですよ！」

ああ、と平島。湖月は可笑しそうに笑ってくれるが、単に間違えただけである。この状況で話すならば、護国寺で湖月が披露した話しこそ相応しいだろう。

「あれは、新潟の庄屋が死んで、再び蘇った話だった。確か、佐渡から弟が来て……」

そこまで言ってから、平島は「佐渡だ」と小さく繰り返す。全くの偶然だが、これまで何度も佐渡にまつわる話を聞いた。話の中心点が見えた気がした。

「その通り。佐渡から来た男が、死んだ庄屋に成り代わる話です。これを〝大正ゾンビ奇譚〟と題しました。このゾンビというのは、カリブ海の国であるハイチで語られる妖怪、動く死者のことであります」

シャン、キン、と音の間隔は次第に短くなっていく。

「時に、このハイチは百年ほど前までフランス領でしたが、この地でトマ＝アレクサンドルという方が生まれたそうな。それより時を経て、フランス本国に渡った彼のもとに男子が生まれました。その方の名はアレクサンドル・デュマ・ペール。本邦では大デュマと呼ばれる大作家でございます」

シャン、シャンと暗闇に音が響く。いよいよ題材は集まり、湖月の語りが始まろうとしている。

「大デュマの作品といえば、何と言っても『巌窟王』でしょう。黒岩涙香氏の翻案小説は多くの方もご存知だ。團友太郎の復讐劇にハラハラとしたものです」

次第に湖月の影が薄れていく。淡い光に照らされた体は輪郭を失い、その唇だけが挑発するように動いている。

「この原作たる『モンテ・クリスト伯』の筋といえば、船乗りエドモン・ダンテスが無実の罪で監獄島に幽閉されたところから始まり、脱獄した後に財宝を手にし、その富と知恵によって社交界へと入り込み、自身を追い落とした者への復讐を果たす、というものです」

湖月の声に節が入ってくる。闇夜に鳴く鳥の声にも似た、か細くも張りのある声。琴の弦をいたずらに引き絞るような、どこか淫靡(いんび)で、不道徳な響きすらある。

「さて、かの巌窟王と良く似た方が本邦にもいたようで。ただいま頂いた三つのお題に沿って、この方の一生涯を一席一番、ここに語ってご覧にいれましょう」

いよいよ湖月の姿は溶け、もはや錫杖の音と声だけが、その存在を示していた。

「御参集なる皆々様へ、これより語ります標目は、題して〝当世巌窟王〟」

湖月による、今宵(こよい)最後の〝語り事〟が行われる。

7

〽これの出丁場に三蓋松(さんがいまつ)、鶴が黄金(こがね)の巣をかける。

光も届かぬ地の底の底、佐渡は相川(あいかわ)、金銀山の深い穴。岩壁に滲(し)みる水を手で掬(すく)い、暗闇に横たわる父の口へと運ぶ。何も見えぬが、見えぬがゆえに、生きる寄す処(よすか)の孝行だ。

「謡が聞こえてくらァ。金が出るぞと息巻いて、俺も神官のフリして歌ったさ。鼻切り面に筵の烏帽子、筵の裃にァ百足がござる。やわらぎの謡を聞きァ、硬い岩も、この痛みもやわらぐってもんだ」

息子は父の体に触れる。その両肩を這う百足の入れ墨も、見えなければ恐ろしくもない。腫れた右足は、我が子を庇って穴へと落ちたせいだ。先に折れた左足は岩で叩いて潰し、とうの昔に二人で食った。

「これが百足の仁長の末期とァ、笑えてきやがる」

父親の声が響く。彼こそ人足頭の仁長だ。無宿無頼を気取り、かつては暴れに暴れた男。江戸で捕まり佐渡に送られ幾十年、水替人足らの頭目となり、相川一の侠客とまで呼ばれた男。

「おっ父、俺が悪かった。与兵衛に捕まった俺のせいだ。あんな木っ端役人なんかに」

「余作よ、お前は悪くねぇ。与兵衛の奴ァ、前々から隠し間歩は何処と聞いてきやがった。知らぬ存ぜぬを貫いたが、愛しい我が子を質にされちまったら仕方がねぇ。しかし、許せねぇのはだ、砂金を横取りするならまだしも、隠し間歩の場所がわかった途端、約束を違えて、お前ェを穴に突き落としやがった」

思い返すも腹立たしいが、佐渡地役人の与兵衛、口を割らぬ仁長を脅すがために一人息子を捕まえてきた。馴染みの遊女に生ませた我が子。妻も早くに死んだが、この子だけはと隠して育ててきた。

「元はと言ゃァ、俺の弱さが招いたことだ。与兵衛の口車に乗せられた。十分な砂金を渡したら、子供を養子に招いてやる、士分に取り立ててやるってんで、今まで誰にも言わなかったお前のことを教えちまった」

トンカン、トンカン。遠くの間歩では槌の音。

「俺が貯めに貯めてきた金の山、与兵衛に奪われるのは業腹だが、お前が無事に生きてるなら冥加だ。俺ァもう死ぬが、お前はどうにか穴底から這い出すんだ」

「おっ父、死ぬな」

「いいか、余作。覚えときな。俺ァ、与兵衛とは確かに証文を交わしたんだ。お前を養子にするってェ約束を書いた文だ。空証文じゃャねェ。柏崎の庄屋を間に立たせて書かせたモンだ。与兵衛が証文を捨てたとしても、写しは庄屋が持ってるはずだ。生きて穴を抜け出せたなら、まずはコイツを探すんだ。ただ前へと進め、百足のように」

「おっ父！」

仁長の言葉はそれっきり。幼い余作が呼びかけようが、もはや呻きの一つも返さない。

百足の仁長と呼ばれた男の最期であった。

「ああ、おっ父。死んじまったのかい」

余作は涙を流さない。寄す処の孝心も翻り、与兵衛への憎しみに変わる。

「なんとしてでも生き長らえて、俺は穴から出てやろう。食えるものは土でも虫でも、おっ父の骸でも、なんでも食って生きてやろう」
トンカン、トンカン。槌の音。吹き込む風はビョウビョウと。岩肌から水が滲み出る。
この金山が泣いていた。余作の代わりに仁長の死を悼んでくれた。

〽どっと笑うて立つ波風の、荒きおりふし義経公は。

相川音頭の声も満ち、宵の風情に提灯行列。花笠をかぶり、互いの顔も見えぬ者らが盆踊りにて練り歩く。世上といえば、やれ尊皇、やれ攘夷。幕末維新の憂さを晴らすがための宵祭。

さて、踊りを披露する者らに紛れ、一人の男が奉行所より駆けてくる。

「西より薩長が攻めてくるのだ。このまま佐渡に籠もってはおれん。島を出で、かの仁長より奪いし金塊を何処かへ隠さねば」

深編笠で顔を隠す、この男こそ堀井与兵衛。百足の仁長より砂金を掠め取り、幕府へ送るべき金塊を着服した地役人。

この与兵衛、下級役人ながら早々に奉行所を見限り、妻子を連れて佐渡を出奔せんとした。たんまりと蓄えてきた隠し金を残すつもりもなく、その全てを千両箱に詰め、新潟へ向かう船の一つを手配して積み込んだ。

「俺は佐渡を守る迅雷隊の人間である。ただ、あまり大きな声では言えんが、迅雷隊は薩長と事を構えんつもりだ。だが俺は幕府のために戦うのだ。志を同じくした数人も後に続く。俺は先んじて越後へ入り、矢弾を準備しておく」

　などと嘯き、船員は元より、陸に着いてから雇われた人足らも騙し遂せた。まさしく三国峠では会津藩と官軍による戦争が起こったばかりであるから、これに加勢するのだ、と思わせた。

　かくて数日、与兵衛は妻子と人足、そして大量の金を連れて三国街道を行く。湯沢宿に入ったところで、渡りをつけていた御金蔵に金塊を隠し、ようやく人心地がついた。

「しかし、参った。この金塊を如何にせん。もし幕軍が勝てば、金山より金塊を持ち出した咎を責められよう。かといって薩長が勝ったところで、一介の地役人の財産などすぐさま取り上げられる。頼れるとすれば堀井の親戚筋だが、これは高崎藩の家老職の家だ。俺のような下級武士が取り次げる相手ではない」

　旅籠の一室で悩む与兵衛。すると軒先に集う人の声が聞こえてきた。

「あの御仁を見たか？　三野村某と名乗っていたが、小栗上野介様のご家族を探しておるらしいな」

「勘定奉行の小栗様だろう。先に捕縛されて打首になったと聞いたが、その家族を救おうと奔走してるそうな」

　耳をそばだてる与兵衛。何より悪知恵の働く男だ。ふと閃くものがある。

「風の噂に聞いたが、小栗様は江戸から隠し金を運んだという。なるほど、金を隠すなら金の中だ」

さて与兵衛、軒先の者らから事情を聞き出すや、近くに逗留する三野村某に会いに行く。この相手こそ、かつて小栗上野介に仕えた人物で、三井の大番頭と称される三野村利左衛門であるという。

並の町人では知らぬ名であろうが、与兵衛も幕府の金回りを差配する側の人間である。この三野村こそ、幕府に顔が利く大人物だと知っている。

「三野村様にございますな」

「その通りだが、貴殿は」

「佐渡の与兵衛と申す者にございます。実は、かねてより小栗上野介様より申し付かっておることがありまして、江戸城より運び出した大量の隠し金、これを三野村様に託したいとのこと」

因果といえば因果。佐渡で採れた金は大判小判となって、やがては江戸の蔵に入るのだ。それを持ち出した隠し金と偽って何の罪になろう。

「ところで三野村様、一つお願いしたきこともあり」

「おお、何なりと聞き届けよう」

「高崎藩の家老職が私の親戚なのですが、このような身分では取り次いで貰うのも難しく。しかし、三野村様は幕府の金回りを担う三井家の大番頭でありますれば」

「いや、皆まで言われますな。ただの商人に何ができるかわかりませんが、貴殿の望みは叶えましょう。そのためなら、それこそ小栗様が遺した金を使っても良いでしょう」

こうも上手くいこうとは、漏れ出る笑みを隠さんと地にひれ伏す与兵衛。三野村と別れ、旅籠に戻って今後の算段をつける。

「ひとまず家老の堀井家に取り入ることができれば、俺の隠し金も小栗様が持ち出した金として追及されぬだろう。むしろ金の力で堀井家を乗っ取ることもできよう」

ふと与兵衛は暗い寝床を見た。そこでは佐渡から連れ出した妻と、幼い我が子が寝息を立てている。

「思えば、仁長の子にも悪いことをした。俺も親となってヤツの気持ちがわかった。子が士分に取り立てられると思えば、どんな悪事にも手を染めよう。俺もまた、この子が上州堀井家の跡取りとなれると夢見てしまう」

金の魔力か、親子の情か。仁長と与兵衛、共に己が子のために金塊を用いるのだ。

「お前は立派な武士となるのだ、三左衛門」

さて、それより幾星霜か。

新潟は柏崎にて、奇怪な噂が広まっていた。

「庄屋の新庄家があるだろう。近頃、そこの当主が死んで、再び起き上がったらしいぞ」

時まさに、明治政府によって新たな政治体制が作られている最中だ。未だ混乱は収まらず、役所からの通達が正しいものか、虚偽なのかも定かでない。だから庄屋などという旧来の存在、その当主が死んだことも、また蘇ったことも、誰も正確なことを知らず、ただ街談巷語となって流れていく。

他方、この噂話に気が気でないのは蘇った庄屋本人だ。

「今はまだ隠し通しているが、あまり長居はできまい」

新庄家の屋敷、その離れ。そこで一人の年若い男が呟いた。

白い肌に、落ち窪んだ目、乱れた白髪に生者らしい活力はない。弱った足を引きずるように歩き、大きく息を吸い込めば必ず噎せる。それでも彼は生きている。地獄の底より這い出して、なお深き恨みに血を滾らせて生きている。

「待っていろ、与兵衛。必ずや貴様を追い詰めてやろう」

この男こそ、かつて佐渡金山の隠し間歩に父と共に突き落とされた、あの余作であった。

彼は暗い穴蔵で泥水を啜り、虫も動物も、父の亡骸さえも食らって何年も生き延びた。それが十年前、金山が新政府のものとなった際、隠し間歩が発見されて助け出されたのだ。

その後の数年は佐渡で過ごしたが、萎えた足腰も癒えたところで余作は島を抜け出した。さらに亡き父親の遺言に従って、柏崎の庄屋を訪ねたのが半年前になる。

「それで新庄家まで来てみたが、これは奇妙な因果となった。折しも亡くなった当主と俺が似ているからと、一時の替え玉となってくれと請われた」

なにせ維新の頃である。古い庄屋の家は、今は戸長として村をまとめているが、少しでも不適当と思われれば村人から袋叩きに遭うかもしれない。世直しの機運は高まり、かつての権力者こそ戦々恐々とする昨今だ。

「新庄家としては、当主が健在だと示したいのだろう。かたや俺の方も、ゆっくりと腰を落ち着けて、例の証文を探すことができる」

とかく騒がしい世上であった。

死んだはずの庄屋が起き上がろうと、仕事さえ果たせば誰も文句は言わない。戸長としての仕事は新庄家の妻が担ってくれたし、余作は死んだ当主のふりをし、たまに村の会合に出席するだけで良かった。

さらに新庄家の妻は、余作に文字の読み書きや、礼儀作法までも教えてくれた。これまで無知無学だった余作は、新庄家で過ごす中で十分な知識を得たのだ。

「まったく感謝しかないが、それでも証文の行方は知らぬという。死んだ当主が、誰にも言わずにどこかへ隠したのかもな」

余作が新庄家に入り込んで十年。青年は壮年となった。

もはや庄屋が戸長を務める時代は終わり、県知事の任命によって官選の村長が置かれるようになっていた。だから余作の役目は終わったのだが、ここまで来ると新庄家の人間は彼を本当の家族のように扱っている。当主に先立たれた未亡人すら、今では余作と懇ろな仲となっていた。

しかし、だからこその一念がある。

「ここで骨を埋めるのも悪くはない。だが俺の人生は、その始まりから与兵衛に奪われたのだ。それを取り戻さない限り、安住の地などあろうはずがない。証文こそ見つけてはおらぬが、それで足止めされるのは本末転倒だ」

薄月夜の下、余作は離れを出て庭を歩く。見れば砂利の上を二匹の百足が這っている。ただ先へ、退くこともなき無数の脚。

「俺こそ百足の仁長の忘れ形見だ。その俺が、どうして父の無念を晴らさでおくべきか」

余作は残す者らに何も告げず、今また新庄家を飛び出した。


時は巡り、余作が新庄家を出てから早幾年。

振り乱した白髪も後退したが、未だ意気挫けずに前を向く。追うは与兵衛の足取りで、まずは新潟のあちこちで話を聞いた。

すると湯沢あたりで、かつて与兵衛らしき者を見たという話が出た。しかも三野村某という大人物と連れ立って、大量の千両箱を持って三国街道を抜けたという。

「与兵衛め、父から奪った〝隠し金〟を持ち出したか。大荷物ゆえ近辺に隠れ住んだものと思ったが、三国峠を越えたからには行き先はどうとでもなる。いや、出たからには向かうは一つか」

余作には確信があった。自身もまた、佐渡を出たからには江戸へ、いや、今は東京と名を変えた、あの都市へ出たいと思っていたからだ。

だから余作は、もはや時代遅れとなった街道を通り、一昼夜をかけて峠を越え、あとは前橋から鉄道で東京まで到った。上野駅から降りた時に見た都市の光景は鮮烈だったが、幼き頃に見た佐渡相川と変わらないと、やや落胆もした。往時の相川といえば、江戸に並ぶほどに繁栄した金の都であったからだ。

「もし、この街で与兵衛が生きているなら、さぞ豪勢に暮らしておるだろう。まずは商人の人脈を当たるか」

余作を衝き動かすのは執念だ。

彼は明治東京に集った山師じみた商人に紛れ、詐欺師まがいの働きを繰り返し、活動資金を順当に蓄えていく。与兵衛を追う手がかりといえば、彼の者が最後に同道した三野村という人物だ。

「どうも話を聞くに、三井の大番頭たる三野村利左衛門こそ、与兵衛が頼った人物なのだろう。しかし、この三野村は既に亡くなっているらしい。となれば、あとは生前の三野村を知る者から何か聞けまいか」

既に齢は六十を超え、余作は商家の大尽といった風貌を手に入れていた。上等な着物をまとい、新庄家で学んだ礼儀作法を活かし、天性の才で弁舌を振るい、様々な人に取り入っていく。

あらゆる伝手を頼りに頼り、余作は三井財閥の重鎮たる高橋箒庵が開く茶の湯の勉強会に潜り込んだ。名を木下三雄と変え、経歴も京都の商人と偽った。

「慣れぬ茶の湯にも手を出して、何とか信用させることができたが、いきなり三野村のことを問えば怪しまれる。今少しは付き合うしかないか」

茶の湯の稽古帰り、東京での仮住まいに戻るまで、余作は何気なく乗り合いバスを利用した。ふと見れば、そこにはバスガールなる職業婦人が同乗している。

「お爺さん、降りる時には気をつけてくださいな」

「これはありがとう、優しいお嬢さん」

不思議と惹かれるものがあった。余作はバスガールの言葉に、どうにも懐かしい響きを感じたのだ。

「時に、お嬢さんの生まれは新潟かね」

「あら、わかりますか？　そうです、新潟の柏崎が故郷です」

懐かしい土地の名だ。積もる話も多く、彼女と話すためにバスを何往復もしてしまった。東京での荒んだ暮らしに倦んでいた余作にとって、彼女との語らいは何より心が和らぐものとなった。

その日以降、余作は茶の湯の稽古終わりには、必ず彼女に会いに行った。時にはバスの営業所まで迎えに行って夕食を共にした。親子ほども年の離れた相手だから、これを恋人と呼ぶ者はいないだろうし、余作自身も恋心とは思わなかった。ただ情がある相手で、彼女もまんざらではないらしい。

「復讐心によって生かされた数十年だったが、ここに至って初めて、安らかな気分となった」

何もかもを忘れてしまえば良かっただろう。しかし、憎悪から生まれた余作は前にしか進めない。

「では、三野村は上州堀井家に多額の寄付をしたと？」

ある日のこと、茶の湯の席に三井財閥の重鎮が招かれていた。時機を逸すまいと、余作が三野村利左衛門について尋ねてみれば、先に聞き返したような答えがあった。

「なるほど、上州堀井家の経歴を調べてわかった。まさしく与兵衛の親戚ではないか。それが今は男爵家となり、上州堀井家の養子となった三左衛門が爵位を継いでいるなどと」

図書館で紳士録を調べ、余作は堀井男爵家の来歴を知った。どこかで覚悟していたが、憎き与兵衛は既に物故していた。だからといって復讐の火が鎮まることはなく、恨みによって引き絞られた弓は息子である三左衛門へと向けられた。

「世上では、堀井家には〝隠し金〟があると噂されている。馬鹿を言うな。その金こそ、与兵衛が我が父から奪った金ではないのか」

それより数日をかけ、余作は堀井男爵を密かに見張っていた。華族という立場ながら、男爵は一人で花街に繰り出すことも多く、へべれけに酔って路地裏をうろつくことも多い。

「まるで狙ってくれとでも言わんばかりだ。いつ死んでも良いとさえ思っているような、まるで自棄を起こした男ではないか」

夜の銀座、街灯の光も届かぬ裏路地。千鳥足で歩く堀井男爵と、その背後で足音を殺す余作。手に握られるは肥後守。このナイフでちょっと脅してやろうか、と悪心が芽生える。

「ほんの少し、一寸でも首を掻き切れば終わるのだ。俺が数十年もかけて研いできた復讐の刃だ。金山の奥底から持ってきた、たった一つの持ち物だ」

事ここに至り、余作の目に涙が浮かぶ。万感の思いがある。殺すのは容易いが、それで終わって何が残る。しかも背を向ける三左衛門は、何ら理非も知らず、父親の罪咎すら知らぬとみえる。

「いっそ全てを忘れ、東京で静かに暮らしても良いはずだ。何なら、バスガールの彼女を連れて柏崎に戻っても良い。そうしたら、佐渡にも行って、おっ父の墓を建ててやろう」

余作が刃物を懐にしまおうとする。

シュッ、とマッチを擦る音が響く。小さな明かりに三左衛門の顔が照らされる。彼は咥えタバコで笑っていた。世に何も不安などない太平楽の笑みだ。

次の一瞬には、余作はダッと駆け出し、三左衛門を後ろから突き飛ばしていた。紙巻きタバコが飛んでいく。起き上がろうとする三左衛門。余作は有無を言わせず、その首にナイフを突き立てた。

舞うは鮮血。熱い血潮に体を濡らし、余作が一人路地に立つ。未だに冷めぬは野心の火。

「やはり許せん。もし、もしも証文通りに俺が堀井家の養子となっていたならば、俺がお前の兄となっていたはずだ。ならば俺こそ堀井男爵家の嫡男となり、お前が今日まで享けてきた人生全てを得ていたはずではないか」

事切れた三左衛門を見下ろせば、なおも怒りが湧いてくる。彼一人を殺したところで、己が復讐の終わりはしない、終わらせてなるものか。

「堀井男爵家、その全てを奪い取ってやるからな」

もはや後戻りもできず、余作は〝華族殺し〟の犯人となった。いずれ官憲に捕まるかもしれない。ならば早く動くしかない。

京都の商人、木下三雄を名乗る中、以前に築いた人脈があった。京にいる呉松伯爵家、その長男とは見知った間柄。ちょうど彼の人物は、病に臥せる父親を隠居させ、伯爵家を継ぎたいと漏らしていたはずだ。

「俺には人脈と資金がある。あとは地位さえあればいい。呉松家の長男と図り、ニセ伯爵となろうではないか。そして堀井家に近づくのだ。ちょうど三左衛門には一人娘がいたはずだ。彼女と夫婦になり、堀井家の〝隠し金〟を奪い取って、いや、取り戻してみせよう」

かくして余作は呉松伯爵を名乗った。着物には百足紋。亡き父親を偲ぶための紋だ。

しかし、覚悟を決めた余作であったが、まだ後ろ髪を引かれる思いがある。

「ここまで来たが、俺はまだ彼女に心を寄せているらしい。せめて最後に挨拶でもできればいいが」

その日、余作は一人の女性を呼び出した。バスガールの彼女だ。二人で乗り合いバスに乗り込み、これも思い出とばかり、様々なことを語り合った。

「隠していたが、私は呉松家の人間なのだ。呉松伯爵家だ。身分のことを思い、今まで名乗ることもできなかった」

余作なりの気遣いであった。身分に差があると思わせ、もう会えないことに理由をつけたのだ。それを聞くバスガールの彼女もまた、寂しげな顔をしつつも最後に名を名乗った。

「私は新庄千草です。どうか覚えておいてください」

「なに、新庄？　柏崎の新庄家の、その娘だと？」

頷く千草に、思わず呻く余作。これこそ因縁だ。余作が長く過ごした新庄家。自分が家を出たあとに生まれたのが、この千草であったのだ。

「親と喧嘩して家を出て、こうして東京に来たのです。腹いせとばかりに、いくつも家財を持ち出してやったのです」

他人事のように話す千草に、余作はやおら薄ら寒い気配を感じた。因縁は巡り、今この時、自分に逆らって吹く風となる。

「そういえば、持ち出した家財に変な証文があったのを思い出しました。ちょうど呉松様の家紋のように、その証文にも百足の紋が書かれてあったもので」

「証文の内容は、覚えているかい」

「確か、余作という人を与兵衛という人の養子にすると、そういった約束が書かれてありました」

ああ、と余作の呻き。乗り合いバスの車内で、年老いた男が額に手を当てて慟哭する。

「どうして、お前がもっと早く証文を出しておれば、俺はヤツを殺めることはなかった。俺は堀井家の人間になれた！」

「急に何を、どうしたんです？」

「お前のせいだぞ！　お前が証文を出しさえすれば！」

千草にとっては理由もわからぬ糾弾だ。鬼気迫る余作に恐れをなし、哀れな彼女は顔を青ざめさせる。

「証文なんて、知らない！」

そう言い残し、千草は減速したバスから飛び降りる。余作から憎しみの視線を向けられ、その場から逃げ出そうとした。無論、余作も次の停車場で降りて彼女を追う。

「何故だ、何の因果だ。お前が、お前がもっと早く！」

老いた足でも千草を追うことはできる。夕暮れの日本橋。滔々と流れる川を横目に、余作は彼女を追い詰めていく。

「来ないで、来ないでください！　私が何をしたというのです！」

「何もしなかったのだ！　すべきことをすれば良かった！」

「そんな！」

アッ、と千草が悲鳴を上げた。理由もわからぬまま、哀れ、彼女は川べりの石段で足を滑らせた。

余作が手を伸ばすも届きはしない。湿った足場で滑った千草は、石段に頭を強かに打ち付け、虚ろな表情のまま川へと落ちていった。

その死に至る刹那、余作は千草の顔に懐かしいものを見た。かつて柏崎の新庄家にいた頃、自身が情を交わした未亡人、彼女が時折見せた憂い顔と、千草の虚ろな顔が重なって見えた。

「まさか、まさかとは思っていたが、お前は俺の娘なのか。あの奥方が俺の子を身ごもっていたんだ。だから気が合うのも道理だ。だが因果だ。俺は親としての役目を果たせず、お前を死なせた」

夕日に染まる川。人通りはなく、この光景を見ていた者もいない。千草の体は川底へ沈んでいく。老いた余作の体では、彼女を救うために川へ飛び込むこともできない。

「俺は、なんてことをしてしまったのだ」

もはや余作に為すすべはない。膝をつき、咽び泣き、娘を呑んだ川へ涙を落とすことしかできない。

それより数日後、東京の路地裏で余作に声をかける者がいた。

「余作の旦那、例の件を堀井家に伝えたら、ぜひに会いたいという文を寄越してきたぜ」

呉松家の長男だ。余作が呉松伯爵になりすまし、堀井家を乗っ取るという企みに手を貸した人物。

「ああ、ならば会いに行こう」

落ち窪んだ目をした余作が答える。その瞳には、もはや復讐の火は灯っておらず、ただ空虚で陰鬱な色がある。それは彼の人生の始まり、あの暗い穴の奥底にも似ていた。

野心も既に潰えたが、今更止められはしない。既に無数の脚は勝手に動き出している。前へ進むことしかできない。

百足のように、百足のように。

8

シャン、と錫杖が鳴った。

平島は宵闇に沈んだ〝上野介館〟へと戻ってきた。揺らめくランプに人々が照らされているが、誰もが言葉を失っていた。自分たちが何処にいるのか、まるで起きたままに夢を見ている気分であろう。

湖月の語りを通して、誰もが余作なる人物の半生を知った。佐渡金山の深い底から這い出してきた復讐鬼、誰もが絵空事として聞いていた。それが最後には、今目の前にいる呉松伯爵こそ、彼の人物であると明かされた。

　物語が現実に染み出してきたのだ。

「さて」

　シャン、と錫杖が一振り。湖月が場の沈黙を打ち破った。

「これなる物語こそ〝当世巌窟王〟にございます。しかし、僕の語りなどは全くの空言、思いつくままの出任せです。これを真の物語にするには〝語り直し〟が必要なのですが」

　キン、と錫杖が振られ、その先が呉松伯爵に向けられた。

「あとはどうぞ、伯爵ご自身から、真実を語って頂ければ結構にございます。こちらは失礼千万な嘘偽りを長々と申してしまいました。そんなもの出鱈目だとお叱り頂き、我が芸の拙さをご一笑くださいませ」

　もはや観衆から口を挟む者もいない。平島はもとより、照子や堀井夫人も身を硬くし、影子にあぐり、方太郎も棒立ちとなり、雅高青年すら呆然と成り行きを見守っている。

　カカ、と暗闇に嗄れた笑い声が響いた。

「講釈師、見てきたように嘘を吐く。その通りではないか」

　ランプを掲げ、呉松伯爵が自身の顔を照らした。能面じみた表情に薄っすらと笑みを作り、黒く澱んだ瞳に炎の色を反射させている。

「私の方から〝語り直し〟するものなどないよ。三左衛門を殺した時に抱いた気持ちなど、君が語ってくれた通りだ。こうまで寄り添って貰えるとは」

シャン、と伯爵の言葉を飾るような音が鳴った。

「もちろん、細かいところは違う。私は仁長親分の実の子などではなく単なる子分だ。幕末の頃、新潟で盗賊働きをしていた。親分の〝隠し金〟が与兵衛に奪われたのを知り、それを取り戻そうとしたのも、単に金が欲しかったからだ」

晴れがましく語る呉松伯爵に対し、湖月は再び錫杖を向ける。

「では、新庄千草の件はどうですか？」

「あれも私の娘などではない。あれは新潟の色街で働いていた女郎だ。東京に逃げたらしいが、そこで私と出会ってしまった。私が彼女を廓に売り払った張本人だからな、さぞ驚いたのだろう。年季奉公の証文はどうしたと聞いただけで、悲鳴を上げて逃げていった」

ありがたい、と呉松伯爵から不自然な言葉が漏れた。

「真っ当な理由を与えて貰えた気分だ。新庄千草を殺すつもりなどなかった。言い争ってる内に彼女が足を滑らせてね、石段で頭を打って死んでしまった。あの子については私も残念に思っていた」

背後の暗闇から悲鳴が上がった。あぐりの声だった。呉松伯爵の言葉を聞いて激昂したのだろう。平島が振り返れば、方太郎があぐりの背を撫でていた。

「とにかく、私から言うべきことはない。浅ましい人間の欲望なんかより、よほどに美しい物語だ。そこに登場できるなら、私の人生など書き換えてくれて構わないよ」

湖月が呻くように息を吐いた。対する呉松伯爵は見苦しく言葉を重ねることもなく、全てを湖月の語りに委ねたようだった。

「では、伯爵は堀井家を乗っ取るつもりだったと、そう認めてくださいますか？」

「ああ、いいだろう。ここまで露見たのだから申し開きもない。私は呉松伯爵ではなく、仁長親分の〝隠し金〟を求めて生きてきた、ただの余作だ」

シャン、と区切りの音がした。

だが、その小さな音に紛れて床を蹴る者がいた。タッと駆け出すや、力なく立っていた呉松伯爵を突き飛ばす。その拍子にランプが放られ、周囲に走馬灯の如き影を生んだ。

「知らない！　こんな男は！」

誰あろう、雅高青年の絶叫であった。

直後、空を舞っていたランプが落下し、ガシャンと音を立てて割れた。飛び散った石油に炎が引火し、あちこちに火の粉が降り注ぐ。暗かったホールが、にわかに赤く照らされる。

「俺は騙されたのだ！　俺は悪くない！」

雅高青年が長い脚を振り、呉松伯爵の脇腹を蹴り飛ばした。悪罵を放ち、自分こそ騙されたのだと声高に訴える。

「それに、なんだ！　元はと言えば、お前が変なことを言い出すから！」

雅高青年が今度は湖月を標的に定めたようだった。大股で一歩を踏み込み、飛びかかるように湖月の首に手を伸ばす。

「ひゃっ」

と、湖月の悲鳴。雅高青年は湖月を押し倒し、馬乗りとなって襟元を両手で掴む。憎しみを込め、ギリギリと暴力的に首を絞めていく。

この光景に誰もが反応できないでいる。未だに夢は覚めず、現実の場面すら物語の一部のように感じていたからだ。

しかし、一人だけ、ただ一人だけが、この陰惨な物語に侵入できた。

「おい」

彼は雅高青年のそばまで近寄ると、その肩を摑み、無理矢理に振り向かせた。

ガッ、と鈍い音が響く。頰を殴られた雅高青年は受け身も取れず、ゴロゴロと床を転がっていく。

「さすがに許せないな」

平島だ、平島元雪が己が拳をさすっていた。

この一撃は義憤であり、かつて邪険にされた腹いせであり、そして湖月を守るための勇気の発露、つまりファンの務めである。

「お兄チャマ！」

影子の叫びによって、周囲の人間たちも我に返った。

まずあぐりが駆けつけ、倒れた雅高青年を組み技で拘束する。彼女が「成敗！」と叫んだあたりで、他の男性陣も続き、全員で青年の方を取り囲んだ。

不思議なことに、悪人と喝破されたはずの呉松伯爵を捕まえる者は誰一人としていなかった。むしろ、あの心優しい照子が進み出て、倒れた伯爵に寄り添っている。

「湖月、湖月さん」

人々が慌てふためく中、平島はその場にしゃがみこんで、床に倒れる湖月に呼びかける。

しかし、どうにも反応がない。息はあるようだが、すっかり目を閉じて起きる気配もない。狸は驚くと気絶するというが、湖月も似た気性なのかもしれない、とは平島の呑気な考え。

「湖月さん、失礼」

平島は湖月の背に手を回し、その体を一気に持ち上げた。予想よりも軽く、しなやかな体は、それこそ猫を胸元で抱くような感触があった。

「お兄チャマ！」

振り返ると、ちょうど影子が駆けつけてきた。怯えた様子で左右を見回している。

「大変です、火が！」

「わかってる」

割れたランプから飛び散った火の粉は、今や揺らめく炎となって絨毯の上を這っていた。辺りには熱気と焦げ臭さが満ちていく。まだ小火といった程度だが、壁際の炎がカーテンに燃え移れば大火事となろう。

「消火は……」

その時、平島は炎が一際大きく燃え盛るのを見た。

ちょうど暖炉のそば、最初に燃えた絨毯の辺りだ。絨毯を焦がし、下の板張りすら焼いたそれは、小さな竜巻状の火柱となって、暖炉の中へと吸い込まれていく。

「まずいぞ、そういうことか」

今になって、平島は〝上野介館〟の暖炉が使われていない理由に思い至った。

「空気の流れ道だ。二重天井に火が入り込むのだ」

まさしく平島の予想通り、小さな炎の竜巻は暖炉内の気流に乗り、巨大な炎の渦を作っていく。火は狭い煙突に吸い上げられると、瞬く間に格天井へと燃え広がっていく。

「影子、皆を外へ」

「わかりましたわ！」

妹は心得たもので、平島の短い言葉から、すぐにでも館が燃え落ちることを察知した。彼女が大声を張り上げれば、右往左往していた招待客たちも館の外を目指して出ていく。

平島もまた、湖月を抱えたままに、本格的に燃え始めたホールを駆ける。ちょうど方太郎が雅高青年を引き連れ、館の玄関へ向かうところだった。

「元雪！」

「方太郎君、すまないが湖月さんを頼む。僕は照子さんを連れ出す」

方太郎は頷き、平島から代わって湖月を肩に乗せて抱えた。まるで頭陀袋のような扱いだが、ここは目を瞑ろう。再びホールに視線をやると、あぐりがホールに残る人々を玄関へ誘導していた。彼女にも視線を送ってから、平島は再び一歩を進む。

まさに天井の炎がカーテンに燃え移っていた。赤い炎が黒い煙に紛れていく。目が乾き、熱気に肌が焼かれる。

「照子さん！」

「元雪お兄様！」

ホールの奥には膝をつく照子と、彼女を支える影子、そして未だに倒れたままの呉松伯爵がいた。

「照子さん、早く逃げてくれ」

「ですが、伯爵が」

悲しげに俯く照子に、横から影子が手を伸ばす。

「その方は伯爵ではございませんわ、わかっておいででしょう！」

「照子さん、今は影子に従ってくれ」

平島たちの説得を受け、ようやく照子も立ち上がった。影子が彼女を引き連れ、ホールの玄関側へと去っていく。

一人残った平島が、炎の中に倒れる怪人を見下ろした。

「呉松伯爵、起きているのでしょう」

そう呼びかければ、倒れていた老人はクックッと忍び笑いを漏らし、億劫そうに体を起こした。

「なんだ、このまま死ねるかと思ったが」

「ご心配なく。僕は人情家ではないので、貴方を見殺しにすることもできます」

炎揺らめく中、呉松伯爵はあぐらをかいて平島に向き直る。老人は懐から口付タバコを取り出すや、吸口を潰してから優雅に咥える。対する平島もズボンの裾を火に焦がしつつ、一歩も退かずに伯爵を見据えた。

「やるかね？」

伯爵が平島に向かってタバコの箱を差し出す。銘柄は朝日だった。

「いいえ、結構。嫌いな人間が愛煙家なもので」

「そうかい」

そう言うと、呉松伯爵は燃える赤絨毯に手を這わせた。指先で掬った火をタバコに付け、フゥと一息、周囲の黒煙とは異なる穏やかな煙を吐き出す。なんとも剛毅な仕草だが、これこそ彼の本性なのだろう。

「呉松伯爵、立ってください」

「おや、人情家ではないのだろう？」

「その通り。貴方が与兵衛を憎んだように、僕も堀井男爵を殺した貴方を憎く思っている。ここで死のうが、痛くも痒くもありません」

ただ、と平島は付け加えた。

「先程までの語り、これが真実でないと仰るのならば、僕は貴方を館の外へ連れ出します。全ては単なる〝語り事〟で、真実など誰も知らない。だから貴方が償うべきは、華族の身分を偽って結婚詐欺を働いたことのみだ」

「いいや、結構」

細く折れそうな手を前に出し、呉松伯爵は平島の言葉を止めた。

「私の人生を、あれほど美しく物語として飾って貰ったのだ。どうして、それを嘘偽りと言えようか」

「呉松伯爵!」

「私は、百足の仁長を殺した与兵衛を憎んだ。堀井家を憎み、与兵衛の子である三左衛門を殺し、またその娘さえも殺してやろうと思った。それが真実だ」

老人が笑っている。焦熱の底に身を置いて、額に汗を流し、それでも涼しげに笑うのだ。

「私は、あの物語と心中してやるのだ」

呉松伯爵の意思に、平島は返すべき言葉を持たない。

不意に、ピシと木の軋む音が響いた。炎の熱によって窓枠が折れようとしている。それだけでなく、天井からはメリメリと不気味な音が続いて聞こえてくる。

その一瞬、呉松伯爵がタバコを支える指を弾(はじ)いた。

火の付いたタバコが平島に向かって投げつけられた。咄嗟(とっさ)のことだったが、平島は自身を庇(かば)うように腕を上げ、数歩ほど背後へと退いた。

「なにを――」

平島の声は、直後に響いた音に掻(か)き消された。

焼け落ちた格天井の梁(はり)が、平島と呉松伯爵の間に落ちてきたのだ。両者は炎の柱によって分かたれた。

「伯爵！」

平島が叫んだところで、呉松伯爵はのっそりと立ち上がっていた。老人は背後の暖炉で体を支え、崩れ始めたマントルピースに手をついた。

「君は、探偵だったね」

ふと穏やかな声でもって、呉松伯爵が平島に語りかける。

「ならば、私の事件を存分に語り草にしたまえ。私と、百足の仁長の物語が巷間(こうかん)を賑(にぎ)わすなら、何よりの供養だ」

もはや助かる見込みはなく、また助けられもしない。呉松伯爵は自らの決意を平島に示した。炎の向こうで老人の黒い影が揺れていた。

よって平島は、轟々(ごうごう)と燃える炎に向かって言葉を放つ。

「残念ながら、僕は口下手なので。ただ、僕よりずっと上手く語る人物なら知っています」

「奇遇だな、私もだ」

その言葉を最後に、平島は呉松伯爵に背を向けた。

炎の勢いは増していき、間もなく館も焼け落ちるだろう。赤絨毯は火の海に変わっていく。業火はカーテンを焼き尽くし、窓を割り、天井で渦を巻く。シャンデリアが落下し、火の煌めきを宿したガラスが四方へ散っていく。

平島がホールの玄関に辿り着いた時、彼は一度だけ背後を振り返った。

まさに〝上野介館〟の釣り天井が炎に焼かれ、バリバリと破れていく瞬間だった。

轟音の中、光り輝くものがホールに降り始めた。

黄金だ。黄金の雨だ。

この無数の砂金こそ、これまで天井裏に秘されてきた〝隠し金〟だ。それが今、金色の雨となって炎の海へと降り注ぐ。平島の視界全てが、夕景にも似た色に染まっていく。

最後の瞬間、金色に満ちたホールの奥で人影が踊っていた。火に焼かれるのを恐れているのか、それとも黄金の雨に歓喜しているのか、そこに区別はあるのだろうか。

ここは地獄に非ず、極楽に非ず。

9

あの〝上野介館(やかた)〟は焼失した。

雨が降り続いていたのもあり、本邸に燃え移らなかったのが不幸中の幸いだ。しかし館はその特殊な構造によって、まるで炉に火が熾(おこ)る如く、全てを焼き尽くすまで鎮火することはなかった。

堀井邸に消防手が到着した頃には、火の勢いも弱まっていたが、もはや〝上野介館〟は焦げた骨組みを残すだけとなっていた。辺りには焦げ臭い煙と、水蒸気となった雨が満ちていた。

平島たちは堀井邸で眠れぬ夜を過ごした後、翌日に到着した警察と共に館の撤去作業を見守った。

結局、呉松伯爵の遺骸(いがい)は見つからなかった。

強すぎた火にまかれ、骨まで焼かれたのだろうと人は言う。あるいは逃げ出したのだと訴える者もいる。はたまた――。

そう、焼け落ちた館に奇妙なものが残っていた。

雇われた人夫たちが、焼け焦げた木材をどかしたところ、その下から金色に輝くものが発見された。それは天井から零(こぼ)れ落ちた砂金が溶けた後に固まったものだった。巨大な金塊は瓦礫の上をうねるように伸びており、左右に無数の脚を這わせていた。

まさに黄金の大百足であった。

＊

事件が幕を下ろしてから一週間後。

黄金の夕日に街が染まる中、平島は影子と共に猿楽町の辺りを歩いていた。

今回は車を持ち出すこともなく、散歩がてらに堀井家を訪ね、照子と堀井夫人、そしてヨコヅナの様子を見てきたところだ。

「照子さんも、おばチャマも、元気そうで何よりでしたわ」

堀井邸を出て、富士見坂を下りつつの会話だった。春の風が吹き、爽やかな匂いを運んでくる。

「落ち着いたら、二人で佐渡に旅行へ行くそうで。嬉しそうに話していらっしゃいましたね」

「ああ、そうだな」

堀井夫人によれば、亡き夫を偲び、また与兵衛の足跡を辿る旅になるだろうとのこと。可能ならば金山にも立ち寄り、百足の仁長を慰霊したいとも言っていた。

「それにしても、お兄チャマは堀井家の遺産を見つけて、なおかつ〝華族殺し〟の犯人も突き止めましたわ。探偵として、立派にお役目を果たしたのです」

頷く平島だが、それらを手柄と思ったことはない。ほとんどは湖月の語りが引き出した結果であるし、世間に喧伝すべきような内容でもない。

そもそも堀井家の遺産だって、これは堀井夫人と照子の要望で国庫へ納付されることになった。曰く、元は幕府が手にするはずだった佐渡由来の金であるから、国家に返すべきである、とのこと。

あるいは堀井男爵を殺めた犯人を突き止めたとて、肝心の呉松伯爵は炎の中に消えた。よって事件の経緯などは未だに闇の中だ。

「呉松家の長男、雅高君も」

「そうでしたわね。あの方も取り調べを受けたそうですが、おそらく知らぬ存ぜぬでしょう。実際、殺人事件の方は関わっておられないでしょうし。何より呉松家の醜聞でもありますから、事件にはならずに隠されてしまうのでしょうね。これればかりは悔しいですわ。ま、貸しを作ったと思えば良いのですけど」

「良い考え方だ」

坂を下り終え、明治大学方面へ。影子は駅に迎えを用意しているらしいから、彼女をそこまで送り届けてから、平島も下宿へ帰るつもりだ。

「そういえば、堀井家は爵位を返上するらしいな」

「ええ、照子さんも肩の荷が下りたと仰っていましたわ」

「影子も、身分など関係なく、照子さんの友達でいてやってくれ」

まぁ、と隣を歩く影子が驚きの声を上げる。

「私を誰の妹だと思っていますの？　勘当されたからと、ポーンと華族を辞めたお兄チャマと！　今日まで仲良く過ごして参りましたでしょう！」

「いや、悪かった。苦労をかける」

影子は横から顔を覗かせ、不満げに頰を膨らませる。

「違います！　私が言いたいのは照子さんのことですわ。照子さんが華族の地位を安心して降りられるのも、お兄チャマという先例があるからなのですよ。そのことを、しっかりと自覚して――」

シャン、と春風に乗って聞こえてきた音がある。

だから平島は、人差し指を立てて影子の言葉を止めた。

「もちろん、僕はしっかり生きていこう」

平島はゆっくりと後ずさりし、影子から距離を取った。

「気をつけて帰りたまえよ」

「あ、お兄チャマ！」

大声を放つ影子に背を向け、平島は一気に駆け出した。

シャン、と再び音が聞こえた。

駿河台の下宿に向かうまでの通りだ。太田道灌に由来する道灌道。春にここを歩けば、駿河台匂と呼ばれる桜の香りが漂ってくる。遅咲きの桜を目当てに、あえてここを通ろうという人々がいる。

日も伸びてきたか、夕刻の空はまだ白金色で、その光が桜の白い花弁を照らしていた。

「おや」

黒い透綾の羽織に藍鼠の袴。目を細めて笑えば、唇も妖しく角度を作る。いつも通りの姿を見て、平島も安堵の笑みを浮かべた。

「元雪さんの下宿も近かろうと思い、ここで立っていれば会えると思っておりました」

シャン、と錫杖の音が一つ。散った桜が湖月の顔にかかる。

「僕の方こそ、会いたいと思っていた」

「なんとも嬉しきことを言ってくださいますね」

あの事件の直後、湖月は一晩ほど堀井邸で休んでいたが、朝早くには伝言を残して誰とも喋らずに屋敷を出ていた。それ以来の再会である。

「本心としては、もっと話したいところでしたが、何分、招かれただけのしがない芸人。長居するのも失礼と思い、早々に立ち去ってしまいました」

いつもの大道芸を披露するようだが、まだ時間が早いらしく、湖月は平島と並びながら準備を続けていた。

「何より恥ずかしさがありました。肝心なところで気を失ってしまい、気づけば錦様と高村様に看病してもらっておりました。そこで話を聞くに、元雪さんが僕を抱え、燃え盛る館より助け出してくれたとのこと」

「状況としては、そういうことになるか」

平島のとぼけた言葉に、湖月は小さく笑い、また身を翻して正面に向き直った。

「ですので、しっかりと御礼を述べましょう。元雪さん、僕のことを大事に思ってくださって、ありがとうございました」

深々と頭を下げてくる湖月に、平島は恥ずかしそうに鼻を掻くことしかできなかった。

「当然、のことだ。ファンとして」

湖月が頭を上げる。その頬は赤くなっているが、それも夕日に白い肌が染まっただけであろう。

「ところで」

と、湖月が話題を変えた。気恥ずかしさを紛らわすつもりなのかもしれないが、平島はそれに気づかない。

「呉松伯爵……、というか、あの方は最後にどうなりましたか？」

「彼なら、炎と黄金の中に消えていった」

やや詩的な表現になったが、事実だから仕方がない。

「あとは、自分の物語を存分に語ってくれ、とも」

「なんと、そうですか」

湖月は神妙そうに頷いた。人一人の人生を物語に押し込めたのだ。そこに後悔の念もあったのかもしれない。湖月としても、何か許されたような思いがあるのだろう。

「あの方が望んでいたのは、百万両の黄金ではなく、ただ自分と、百足の仁長が生きた証だったのやもしれません」

湖月は語りながら、静かに平島の横に並んだ。

「自分は仁長の子ではないと、あの方は仰っておりましたね。ですが、あの方は暗くて狭いところを恐れておりました。やはり、幼い頃に穴蔵へ閉じ込められたこともあったのでしょう」

「では、君の語りの方が本当だったのだろう」

「そうかもしれませんし、そうではないかもしれません。いずれにせよ、あの方は物語の方を真実としてくださいました」

シャン、と錫杖が振られる。名残りの音に、再び花弁が舞い散った。

「ですので、僕は語るとしましょうか。あの方より百万両の黄金で買って頂いた〝語り事〟です。名誉なことです」

さて、と、ここで湖月が首を傾げる。悪戯っぽい笑みが平島に向けられた。

「元雪さん、そろそろ呼び込みをしようと思うのですが、どうですか、ここで一つ、僕に代わって東西声を披露してみるというのは？」

「なんだって？」

「いいではありませんか。これもファンの務めです」

湖月の甘えた声だ。平島は口をもごもごとさせるだけで、断る方便すら思いつかない。何より惚れた弱み、湖月の頼みなら何でも聞いてあげたい。

「さぁさぁ、通りの人々に向かって叫ぶだけですよ。もし怒られたら、僕が一緒に逃げてあげます」

ね、と湖月が満面の笑みで迫ってくる。これぱかりは逆らえない。だから平島も覚悟を決めるしかない。

平島が正面を向く。これまで通りで桜を眺めていた見物人たちが、揃いも揃って、何だ何だと視線を寄越す。

——とざい、とォざい。

景気の良い呼び声が、金色の空に響く。

本書は書き下ろしです。

カタリゴト　帝都宵闇伝奇譚
柴田勝家

角川ホラー文庫　24379

令和6年10月25日　初版発行

発行者──山下直久
発　行──株式会社KADOKAWA
〒102-8177　東京都千代田区富士見2-13-3
電話 0570-002-301（ナビダイヤル）
印刷所──株式会社暁印刷
製本所──本間製本株式会社
装幀者──田島照久

●お問い合わせ
https://www.kadokawa.co.jp/（「お問い合わせ」へお進みください）
※内容によっては、お答えできない場合があります。
※サポートは日本国内のみとさせていただきます。
※Japanese text only

◇◇◇
ISBN978-4-04-111636-4　C0193

角川文庫発刊に際して

角川源義

第二次世界大戦の敗北は、軍事力の敗北であった以上に、私たちの若い文化力の敗退であった。私たちの文化が戦争に対して如何に無力であり、単なるあだ花に過ぎなかったかを、私たちは身を以て体験し痛感した。西洋近代文化の摂取にとって、明治以後八十年の歳月は決して短かすぎたとは言えない。にもかかわらず、近代文化の伝統を確立し、自由な批判と柔軟な良識に富む文化層として自らを形成することに私たちは失敗して来た。そしてこれは、各層への文化の普及滲透を任務とする出版人の責任でもあった。

一九四五年以来、私たちは再び振出しに戻り、第一歩から踏み出すことを余儀なくされた。これは大きな不幸ではあるが、反面、これまでの混沌・未熟・歪曲の中にあった我が国の文化に秩序と確たる基礎を齎らすためには絶好の機会でもある。角川書店は、このような祖国の文化的危機にあたり、微力をも顧みず再建の礎石たるべき抱負と決意とをもって出発したが、ここに創立以来の念願を果すべく角川文庫を発刊する。これまで刊行されたあらゆる全集叢書文庫類の長所と短所とを検討し、古今東西の不朽の典籍を、良心的編集のもとに、廉価に、そして書架にふさわしい美本として、多くのひとびとに提供しようとする。しかし私たちは徒らに百科全書的な知識のジレッタントを作ることを目的とせず、あくまで祖国の文化に秩序と再建への道を示し、この文庫を角川書店の栄ある事業として、今後永久に継続発展せしめ、学芸と教養との殿堂として大成せんことを期したい。多くの読書子の愛情ある忠言と支持とによって、この希望と抱負とを完遂せしめられんことを願う。

一九四九年五月三日

玩具修理者

小林泰三

ホラー短編の傑作と名高い衝撃のデビュー作!

玩具修理者はなんでも直してくれる。どんな複雑なものでも。たとえ死んだ猫だって。壊れたものを全部ばらばらにして、奇妙な叫び声とともに組み立ててしまう。ある暑すぎる日、子供のわたしは過って弟を死なせてしまった。親に知られずにどうにかしなくては。わたしは弟を玩具修理者のところへ持っていくが……。これは悪夢か現実か。国内ホラー史に鮮烈な衝撃を与えた第2回日本ホラー小説大賞短編賞受賞作。解説・井上雅彦

角川ホラー文庫

ISBN 978-4-04-347001-3

ぼぎわんが、来る

澤村伊智

空前絶後のノンストップ・ホラー！

“あれ”が来たら、絶対に答えたり、入れたりしてはいかん――。幸せな新婚生活を送る田原秀樹の会社に、とある来訪者があった。それ以降、秀樹の周囲で起こる部下の原因不明の怪我や不気味な電話などの怪異。一連の事象は亡き祖父が恐れた“ぼぎわん”という化け物の仕業なのか。愛する家族を守るため、秀樹は比嘉真琴という女性霊能者を頼るが……⁉　全選考委員が大絶賛！　第22回日本ホラー小説大賞〈大賞〉受賞作。

角川ホラー文庫

ISBN 978-4-04-106429-0

リング

鈴木光司

Jホラーシーンに輝く金字塔！

同日の同時刻に苦悶と驚愕の表情を残して死亡した４人の少年少女。雑誌記者の浅川は姪の死に不審を抱き、調査を始めた。――そしていま、浅川は１本のビデオテープを手にしている。少年たちは、これを見た１週間後に死亡している。浅川は、震える手でビデオをデッキに送り込む。期待と恐怖に顔を歪めながら。画面に光が入る。静かにビデオが始まった……。恐怖とともに、未知なる世界へと導くホラー小説の金字塔。

角川ホラー文庫

ISBN 978-4-04-188001-2

十三の呪

死相学探偵 1

三津田信三

死相学探偵シリーズ第１弾！

幼少の頃から、人間に取り憑いた不吉な死の影が視える弦矢俊一郎。その能力を“売り”にして東京の神保町に構えた探偵事務所に、最初の依頼人がやってきた。アイドル顔負けの容姿をもつ紗綾香。ＩＴ系の青年社長に見初められるも、式の直前に婚約者が急死。彼の実家では、次々と怪異現象も起きているという。神妙な面持ちで語る彼女の露出した肌に、俊一郎は不気味な何かが蠢くのを視ていた。死相学探偵シリーズ第１弾！

角川ホラー文庫

ISBN 978-4-04-390201-9